Dorothy and the Wizard in Oz
도로시와 오즈의 마법사

<지식을만드는지식 고전선집>은
인류의 유산으로 남을 만한 작품만을 선정합니다.
읽을 수 없는 고전이 없도록 세상의 모든 고전을 출판합니다.
오랜 시간 그 작품을 연구한 전문가가
정확한 번역, 전문적인 해설, 풍부한 작가 소개, 친절한 주석을
제공합니다.

Dorothy and the Wizard in Oz
도로시와 오즈의 마법사

L. 프랭크 바움(L. Frank Baum) 지음
존 R. 닐(John R. Neill) 그림
강석주 옮김

대한민국, 서울, 지식을만드는지식, 2025

편집자 일러두기

- 이 책은 2015년 미국 Barns and Noble 출판사에서 출간한 《The Wizard of Oz : The First Five Novels》에 실린 오즈 시리즈 중 네 번째 소설 《Dorothy and the Wizard in Oz》를 원전으로 삼아 번역했습니다.
- 이 책에는 1908년 초판본에 실린 저자 L. 프랭크 바움의 서문과 헌사, 존 R. 닐의 삽화를 함께 실었습니다.

차 례

들어가기 전에   xiv

지진   1
유리 도시   11
마법사의 도착   31
식물 왕국   47
도로시가 공주를 따다   59
망가부 사람들의 위험성   73
검은 구덩이 속으로 그리고 다시 밖으로   85
목소리의 계곡   93
보이지 않는 곰들과 싸우다   105
피라미드 산의 머리를 뚫은 남자   121
나무 가고일들을 만나다   133
멋진 탈출   147
새끼 용들의 동굴   163

오즈마가 마법 벨트를 사용하다　175
옛 친구들이 다시 만나다　191
마차 끄는 말, 짐　207
아홉 마리 새끼 돼지들　221
새끼 고양이, 유레카의 재판　235
마법사의 또 다른 속임수　245
젭이 목장으로 돌아가다　257

해설　265
지은이에 대해　274
옮긴이에 대해　276

《Dorothy and the Wizard in Oz》의
초판본 표지 그림

오즈 시리즈 열네 권의 책 중
수채화 삽화가 실린 책은 단 두 권이다.
《도로시와 오즈의 마법사》가 그중 한 권이다.
이번 책에서 드디어
《오즈의 위대한 마법사》의 두 주인공
도로시 게일과 오즈의 마법사가 다시 만나
모험을 펼친다.

* 바움의 결혼한 여동생이다.

들어가기 전에

소용이 없어요. 전혀 소용이 없군요. 어린이들은 내가 오즈의 나라 이야기를 멈추게 하지 않을 겁니다. 나는 다른 이야기들을 수없이 많이 알고 있고, 언젠가 기회가 되면 그 이야기를 하고 싶지만, 지금 당장은 나의 사랑스러운 폭군들이 허락하지 않을 겁니다. 그들은 소리칩니다. "바움 아저씨, 오즈, 오즈! 오즈에 대해 더 써 주세요!" 그러니 그들의 명령에 순종하는 것 외에 제가 뭘 할 수 있겠습니까?

이 책은 우리의 책, 나와 어린이들의 책입니다. 그들은 내게 이 책에 관한 수많은 제안을 홍수처럼 쏟아 냈고, 솔직하게 나는 이 제안들 가운데 상당수를 채택해서 하나의 이야기로 맞춰지도록 노력했습니다.

《오즈의 오즈마》의 놀라운 성공 이후, 도로시가 오즈 이야기들에서 확고하게 자리 잡은 것은 분명합니다. 어린 친구들은 모두 도로시를 좋아하는데, 어느 한 친구는 이렇게 표현할 정도입니다. "도로시가 없으면 진정한 오즈 이야기가 아니에요." 그래서 이 책에 도로시가 다시 등장합니다. 언제나처럼 사랑스럽고, 얌전하고, 순수한 모습으로,

또 다른 이상한 모험의 여주인공으로 말이죠.

나의 어린 특파원들로부터 온 "마법사에 대해서도 더 많이" 얘기해 달라는 요청도 즐비했습니다. 이 유쾌한 늙은 친구가 1편 《오즈의 위대한 마법사》에서 친구를 많이 만든 것 같습니다. 자신이 사기꾼이라는 걸 솔직하게 인정했는데도 말이죠. 어린이들은 그가 어떻게 열기구를 타고 하늘로 올라갔는지 들었고, 모두들 그가 다시 내려오기를 기다리고 있었습니다. 그러니 제가 그 후 마법사에게 어떤 일이 일어났는지 말하지 않을 수 있을까요? 여러분은 이 책에서 전과 똑같은 사기꾼 마법사를 만나게 될 것입니다.

어린이들의 요청에도 이 책에서 내가 할 수 없었던 게 하나 있습니다. 어린이들은 독자 친구가 무수히 많은 도로시의 작은 검정 개 토토를 등장시키기를 원했습니다.

하지만 여러분은 이야기를 읽기 시작하면서, 토토는 캔자스에, 도로시는 캘리포니아에 있다는 것을 알게 될 것입니다. 그래서 도로시는 토토 없이 모험을 시작해야 했습니다. 이 책에서 도로시는 자신의 강아지 대신 새끼 고양이를 데려가야만 했어요. 하지만 내게 다음 오즈 책을 쓰는 것이 허락된다면, 토토에 대해 더 많은 이야기를 쓸 작정입니다.

독자들만큼이나 나도 사랑하는 오즈마 공주는 이번 이야기에도 다시 등장하고, 오즈의 몇몇 옛 친구들도 마찬가지입니다. 또한 여러분은 마차 끄는 말 짐, 아홉 마리 새끼 돼지들, 새끼 고양이 유레카를 만나게 될 것입니다. 새끼 고양이의 행실이 좋지 못해서 미안합니다. 아마도 유레카는 제대로 양육을 받지 못한 것 같아요. 도로시가 새끼 고양이를 발견했고, 고양이의 부모가 누구인지는 아무도 모릅니다.

사랑하는 독자 여러분, 나는 내가 역사상 가장 자랑스러운 작가라고 생각합니다. 나의 어린 독자들에게서 오는 다정하고 사랑스러운 멋진 편지들을 읽을 때마다, 나는 자부심과 기쁨의 눈물을 수도 없이 흘렸답니다. 내 이야기를 통해 여러분을 기쁘게 하고, 여러분을 재미있게 하고, 여러분의 우정과 사랑을 얻는 것이 내게는 미국의 대통령이 되는 것과 같은 위대한 성취입니다. 정말이지 나는 이런 상황이라면 대통령이 되기보다 작가가 되고 싶습니다. 그러니 여러분은 내 삶의 야망을 충족하도록 도와주었습니다. 그리고 나는 독자 여러분께 말로 표현할 수 없을 정도로 감사함을 느낍니다.

나는 나의 어린 특파원들의 모든 편지에 답장하려고 노력합니다. 그런데 때때로 여러분이 답장을 받는 데 시간이 필요한 편지들이 더러 있습니다. 하지만 친구들이여, 인내를 가지세요. 답장은 분명히 올 것입니다. 그리고 여러분이 써 주는 편지는 내게 이 책들을 준비하는 즐거운 일에 대한 보상을 뛰어넘는 것입니다. 그 외에도 나는 이 책들이 부분적으로 여러분의 것이라는 것을 인정하는 것이 자랑스럽습니다. 여러분의 제안들이 종종 이 이야기들을 쓰는 길잡이 역할을 해 주었기 때문이지요. 여러분의 총명하고 사려 깊은 지원이 없었다면, 이 이야기들은 반도 재미있지 않았을 거라고 확신합니다.

L. 프랭크 바움
코로나도, 1908

지진

프리스코에서 출발한 열차는 매우 늦었다. 자정에는 허그슨 사이딩에 도착했어야 했지만, 벌써 새벽 5시였고 회색빛 새벽이 동쪽에서 밝아 오고 있었다. 그때 정거장으로 쓰이는 지붕 없는 역사 건물로 작은 열차가 천천히 덜컹거리며 다가왔다. 열차가 멈춰 서자, 차장이 큰 소리로 외쳤다.

"허그슨 사이딩 역입니다!"

소녀는 즉시 자리에서 일어나 열차 문으로 걸어갔다. 한 손에는 버들가지 세공으로 만든 가방을, 다른 한 손에는 신문지로 싼 둥근 새장을 들고 있었으며, 팔 아래에는 양산을 끼고 있었다. 차장은 소녀가 내리는 것을 도와주었고, 기관사는 다시 열차를 출발시켰다. 열차는 연기를 내뿜고 삐걱거리며 선로 위에서 천천히 움직였다. 열차가 그렇게 늦은 이유는 열차 아래 단단한 땅이 밤새도록 여러 번 흔들리며 움직였기 때문이었다. 기관사는 어느 순간 선로가 갈라져서 승객들에게 사고가 일어날까 봐 두려웠다. 그래서 그는 천천히 조심스럽게 열차를 움직였다.

소녀는 열차가 둥글게 휘어지면서 사라지는 것을 지켜보며 조용히 서 있었다. 그런 다음 고개를 돌려 자신이 도착한 곳을 둘러보았다.

허그슨 사이딩 역 건물은 오래된 나무 벤치를 제외하고는 텅 비어 있었고, 오고 싶은 마음이 들지 않는 곳이었다. 그녀가 희미한 회색빛 사이로 자세히 보았지만 정거장 근처에는 집 한 채도 보이지 않았고, 사람 하나 보이지 않았다. 하지만 잠시 후 소녀는 얼마 떨어져 있지 않은 곳의 나무들 근처에 말 한 마리와 마차가 서 있는 것을 발견할 수 있었다. 마차를 향해 걸어가 보니, 말은 나무에 묶인 채 머리를 거의 땅에 닿을 정도로 수그리고는 움직이지 않고 서 있었다. 그 말은 덩치도 키도 크고 뼈대가 굵었으며, 긴 다리와 널찍한 무릎과 발을 갖고 있었다. 말의 갈비뼈가 피부를 통해 드러나 있었기 때문에, 소녀는 갈비뼈를 쉽게 셀 수 있을 정도였다. 말의 길쭉한 머리는 어울리지 않게 몸집에 비해 너무 커 보였다. 꼬리는 짧고 털이

얘! 일어나 봐!

많았다. 말의 마구는 여러 군데 깨져 있었으며, 줄과 끈으로 단단히 고정되어 있었다. 마차는 거의 새것처럼 보였다. 반짝이는 덮개와 측면 커튼이 있었기 때문이다. 마차 안을 볼 수 있도록 앞쪽으로 돌아가던 소녀는 좌석 위에 웅크린 채 깊게 잠들어 있는 소년을 보았다.

소녀는 새장을 내려놓고 양산으로 소년을 찔렀다. 소년은 즉시 잠에서 깨어 일어나 앉았고, 기운차게 눈을 문질렀다.

"안녕!" 소녀를 보고 소년이 말했다. "네가 도로시 게일이야?"

"그래." 소녀는 소년의 헝클어진 머리칼과 깜박이는 회색 눈을 진지하게 바라보며 대답했다. "네가 날 허그슨 목장에 데려가려고 온 거야?"

"물론이야." 소년이 대답했다. "열차가 도착했어?"

"열차가 아니었으면, 난 이곳에 올 수 없었을 거야." 소녀가 말했다.

그 말을 듣고 소년은 웃었다. 그 웃음은 즐겁고 솔직했다. 소년은 마차에서 튀어나와 도로시의 가방을 의자 아래에 놓고, 새장을 앞쪽 바닥에 놓았다.

"카나리아야?" 소년이 물었다.

"오, 아니야, 그냥 내 새끼 고양이 유레카야. 그게 유레카를 옮기는 제일 좋은 방법이라고 생각했어."

소년이 고개를 끄덕였다.

"유레카는 고양이에게는 좀 웃기는 이름이야." 소년이 말했다.

"내가 이 고양이를 발견했으니까 지은 이름이야." 도로시가 설명했다. "헨리 아저씨가 유레카는 '발견했다'라는 뜻이라고 말해 주셨거든."

"알겠어. 마차에 타."

도로시가 마차 위로 올라타자 소년이 도로시를 뒤따랐다. 그런 다음 소년은 고삐를 집어 들고 휘둘렀다. 그리고 "이랴!"라고 소리쳤다.

말은 움직이지 않았다. 도로시는 말이 늘어진 귀 하나를 움직였다고 생각했다. 하지만 그게 전부였다.

"이랴!" 소년이 다시 소리쳤다.

말은 조용히 서 있었다.

"어쩌면," 도로시가 말했다. "네가 말을 풀어 주면 움직일지도 몰라."

소년은 유쾌하게 웃으며 밖으로 뛰어나갔다.

"내가 아직 잠이 덜 깬 것 같아." 소년이 말을 나무에서 풀어 주면서 말했다. "하지만 짐은 임무를 잘 알고 있어. 그렇지 않아, 짐?" 소년은 말의 긴 코를 토닥여 주었다.

그런 다음 그는 다시 마차에 올라 고삐를 쥐었다. 말은 즉시 나무에서 물러나 천천히 방향을 돌리고는 희미한 빛

속에서 이제 막 눈에 보이기 시작한 모랫길을 따라 빠른 걸음으로 달려 내려갔다.

"열차가 절대 안 올 거라고 생각했어." 소년이 말했다. "역에서 다섯 시간이나 기다렸거든."

"지진이 여러 번 일어났어." 도로시가 말했다. "땅이 흔들리는 걸 못 느꼈니?"

"느꼈지. 하지만 캘리포니아에서는 그런 것에 익숙해." 소년이 대답했다. "그런 건 별로 무섭지 않아."

"차장은 자기가 겪어 본 것 중 최악의 지진이라고 했어."

"그랬어? 그럼 지진이 내가 잠든 사이에 일어났던 게 틀림없군." 소년이 생각에 잠겨 말했다.

"헨리 아저씨는 어때?" 한동안 침묵이 흐른 후 도로시가 물었다. 그동안 말은 성큼성큼 규칙적인 속도로 달리고 있었다.

"매우 건강하셔. 아저씨랑 허그슨 삼촌은 좋은 시간을 보내고 계셔."

"허그슨 씨가 네 삼촌이야?" 도로시가 물었다.

"맞아. 빌 허그슨 삼촌이 헨리 아저씨 처제와 결혼했어. 그래서 우리는 육촌 사이야." 소년이 유쾌한 어조로 말했다. "난 빌 삼촌 목장에서 일해. 삼촌이 나한테 한 달에 6달러씩 주고 식사도 주지."

"그 정도면 비싼 계약 아니야?" 도로시가 미심쩍게 물었다.

"음, 허그슨 삼촌한테는 비싼 계약이지. 하지만 나한텐 아냐. 난 훌륭한 일꾼이야. 난 잘 자는 만큼 일도 잘한다구." 소년이 웃으면서 덧붙였다.

"네 이름은 뭐야?" 도로시는 소년의 태도와 유쾌한 어조가 맘에 든다고 생각하며 물었다.

"별로 예쁜 이름은 아냐." 소년이 약간 부끄러운 듯 대답했다. "내 전체 이름은 제베디아야. 하지만 사람들은 그냥 '젭'이라고 불러. 넌 호주에 가 본 적 있지, 그렇지 않아?"

"맞아. 헨리 아저씨와 함께 갔었어." 도로시가 대답했다. "우린 일주일 전에 샌프란시스코에 도착했어. 헨리 아저씨는 곧바로 허그슨 목장을 방문하러 가셨지. 그동안 나는 며칠 동안 우리가 만났던 친구들과 함께 도시에 머물렀어."

"얼마나 오래 우리와 같이 있을 거야?" 소년이 물었다.

"하루만 있을 거야. 내일이면 헨리 아저씨와 난 캔자스로 돌아가야 해. 너도 알겠지만, 우린 캔자스를 너무 오래 떠나 있었어. 그래서 다시 집에 가고 싶어."

소년은 채찍으로 크고 비쩍 마른 말을 가볍게 때렸고, 뭔가 생각에 잠긴 듯 보였다. 그런 다음 그는 도로시에게 뭔가 말을 하려고 했다. 하지만 그가 입을 떼기도 전에 마차가 위험하게 이쪽저쪽으로 흔들리기 시작했고, 그들 앞에 있는 땅이 솟아오르는 것 같았다. 다음 순간 우르릉 소리와 날카롭고 요란한 굉음이 들리더니 도로시 눈에 옆의 땅이 넓게 갈라져 열렸다가 다시 함께 합쳐지는 것이 보였다.

"맙소사!" 도로시가 좌석의 쇠 난간을 움켜쥐며 소리쳤다. "그게 뭐였지?"

"엄청나게 큰 지진이었어." 젭이 하얗게 질린 얼굴로 대답했다. "그게 거의 우릴 삼킬 뻔했어, 도로시."

말은 그 자리에 멈춰서 바위처럼 꼼짝 않고 서 있었다. 젭은 말고삐를 흔들며 움직이라고 재촉했지만, 짐은 완강했다. 그러자 소년은 채찍을 들어 말 옆구리를 때렸다. 낮은 저항의 신음 소리를 낸 후에 짐은 천천히 길을 따라 발을 내딛었다.

소년도 소녀도 잠시 말이 없었다. 위험의 숨결이 대기 중에 만연해 있었고, 금방이라도 땅이 격렬하게 흔들릴 것만 같았다. 짐의 귀는 머리 위로 꼿꼿이 서 있었고, 집을 향해 달릴 때 커다란 몸의 근육이란 근육은 모두 긴장해 있었다. 짐은 아주 빠르게 달리지는 않았지만, 옆구리에 거품 같은 땀자국이 나타나기 시작했고, 때때로 나뭇잎처럼 떨었다.

하늘은 다시 더 어두워졌고, 바람은 계곡 위로 세차게 불어닥칠 때 이상한 흐느끼는 소리를 냈다.

갑자기 찢어지고 깨지는 소리가 들렸고, 말이 서 있는 바로 밑에서 땅이 또 다른 거대한 틈을 만들어 내며 갈라졌다. 공포에 사로잡힌 듯한 거친 히힝 소리와 함께 말은 구덩이 속으로 통째로 떨어졌고, 말에 이어 마차와 그 안에 있던 아이들까지 함께 떨어졌다.

도로시는 마차 지붕을 단단히 붙잡았고, 소년도 똑같이 했다. 갑작스럽게 허공에 떨어졌기 때문에, 그들은 너무 당황해서 아무 생각도 할 수 없었다.

어둠이 사방에서 그들을 에워쌌다. 숨 막히는 침묵 속에서 그들은 추락이 끝나 울퉁불퉁한 바위에 부딪혀 박살이 나거나, 아니면 땅이 위에서 다시 닫혀 자신들을 끔찍한 심연 속에 영원히 묻어 버리기를 기다릴 수밖에 없게 되었다.

그 끔찍한 추락의 느낌, 어둠과 무서운 소리들은 도로시가 견딜 수 있는 한계를 넘었고, 잠시 동안 소녀는 의식을 잃었다. 젭은 남자아이라서 기절하지는 않았지만 큰 두려움에 사로잡혀서 마차 좌석을 단단히 붙잡고 매달려 있었다. 그는 언제라도 죽음이 닥칠 수 있다고 예상하고 있었다.

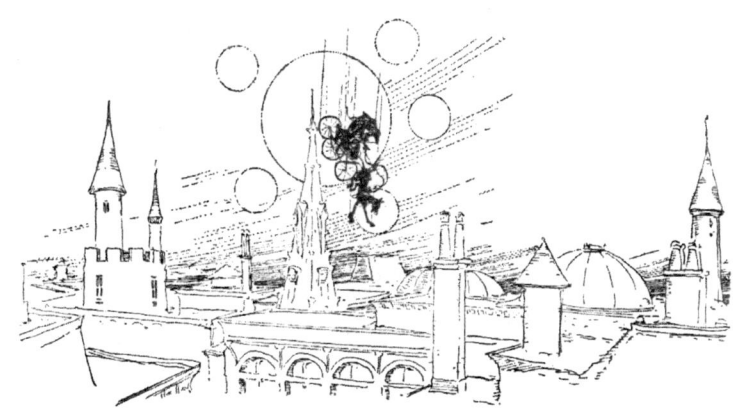

유리 도시

도로시가 의식을 되찾았을 때, 그들은 여전히 떨어지고 있었다. 하지만 그렇게 빠르게 떨어지진 않았다. 마차 지붕이 낙하산 혹은 바람이 잔뜩 채워진 우산처럼 공기를 붙잡아 줘서, 참기에 불편하지 않을 정도로 부드럽게 아래쪽으로 떠서 내려가도록 해 주었다. 최악은 땅속의 이 거대한 갈라진 틈의 바닥에 닿는 것에 대한 공포와 언제라도 그들에게 갑작스러운 죽음이 닥칠 수 있다는 두려움이었다. 땅이 갈라졌던 곳이 다시 합쳐질 때, 연속적인 굉음이 그들의 머리 위 멀리에서 울렸고 돌들과 진흙 덩어리들이 그들 주변 사방에서 달그락거렸다. 그들은 이것들을 볼 수는 없었지만, 마차 지붕을 강타하는 것은 느낄 수 있었다. 그리고 돌 하나가 날아와 몸통을 때렸을 때 짐은 거의 사람처럼 비명을 질렀다. 그것들은 실제로 그 불쌍한 말을 해치지는 않았다. 모든 것이 함께 떨어지고 있었기 때문이다. 단지 공기 압력이 떠받쳐 주는 말과 마차보다 돌과 쓰레기가 더 빠르게 떨어졌을 뿐이다. 그래서 공포에 질린 동물은 실제 상처를 입는 것보다 두려움에 더 크게 사로잡혔다.

얼마나 오랫동안 이런 상황이 지속되었는지 도로시는 짐작조차 할 수 없었다. 그녀는 너무 많이 당황스러웠다. 하지만 이윽고 뛰는 가슴으로 시커먼 갈라진 틈을 응시하자, 짐의 형태가 희미하게 보이기 시작했다. 머리를 공중으로 쳐들고, 귀는 꼿꼿이 세우고, 허공으로 떨어지면서 긴 다리를 사방으로 벌리고 있었다. 또 도로시가 고개를 돌리자 옆의 소년이 보였다. 그는 지금까지 도로시와 마찬가지로 조용히 말 없는 상태를 유지하고 있었다.

도로시는 한숨을 내쉬고 좀 더 편안하게 숨을 쉬기 시작했다. 결국 그녀는 자신에게 죽음이 닥치는 것이 아니라, 단지 또 다른 모험이 시작됐을 뿐이라는 걸 깨닫기 시작했다. 그리고 이번 모험은 자신이 전에 겪었던 모험들처럼 이상하고 특별할 것이라는 기대도 생겼다.

마음속에서 이런 생각을 하며 도로시는 용기를 냈고, 이상한 빛이 어디에서 오는지 보려고 마차 너머로 머리를

떨어지고 있어!

내밀었다. 도로시는 훨씬 아래쪽에서 공중에 매달려 있는 여섯 개의 거대한 빛나는 공을 발견했다. 가운데 있는 가장 큰 공은 하얀색이었는데, 태양을 연상시켰다. 그 공 주위에는 별의 뾰족한 다섯 개의 끝처럼 다섯 개의 밝은 공들이 배치되어 있었다. 이들은 장밋빛, 보랏빛, 노란빛, 파란빛, 오렌지빛 색깔을 지니고 있었다. 이 화려한 색의 태양들이 사방으로 빛을 발산하고 있었다. 말과 함께 도로시와 젭이 탄 마차가 계속해서 아래쪽으로 떨어져 이 빛들에 가까이 이르렀을 때, 광선들은 무지개의 섬세한 색조를 띠기 시작했다. 그리고 그 색은 공간이 전부 환하게 밝아질 때까지 매 순간 점점 더 분명해졌다.

도로시는 너무 눈이 부셔 말을 많이 할 수 없었지만, 짐의 커다란 두 귀 중 하나가 보라색으로 변하고, 다른 하나가 장미색으로 변하는 것을 볼 수 있었다. 그리고 짐의 꼬리는 노란색이 되고 몸통은 얼룩말 무늬처럼 파란색과 오렌지색으로 줄무늬가 생기는 것을 보고 놀랐다. 그때 도로시는 젭을 보았는데, 그의 얼굴은 파란색이었고 머리칼은 분홍색이었다. 그녀는 약간 불안하게 들리는 웃음소리를 냈다.

"웃기지 않아?" 도로시가 물었다.

소년은 깜짝 놀랐고, 두 눈이 휘둥그레졌다. 파란빛과 노란빛이 합쳐지며 도로시의 얼굴 한가운데에 초록색 줄이 나 있었다. 그녀의 모습은 그를 더욱 공포스럽게 하는 것 같았다.

"나-난 웃기는지 저-전혀 모르겠어!" 소년이 떠듬거리며 말했다.

바로 그때 마차가 천천히 옆으로 기울어졌고, 말의 몸통도 기울었다. 하지만 모두 함께 계속 떨어져서, 소년과 소녀는 전과 마찬가지로 좌석에 앉아 있는 것이 어렵지 않았다. 그때 그들은 마차를 거꾸로 뒤집었고, 다시 똑바른 상태가 될 때까지 천천히 마차를 회전시켰다. 이렇게 하는 동안 짐은 미친 듯이 네 다리로 허공을 발길질하며 몸부림쳤다. 하지만 자신이 원래 자세로 돌아온 것을 발견하자마자, 안도하는 어조로 이렇게 말했다.

"어휴, 좀 낫군!"

도로시와 젭은 놀라서 서로를 쳐다보았다.

"네 말은 말을 할 수 있어?" 도로시가 물었다.

"전에는 전혀 몰랐는데," 소년이 대답했다.

"그게 내가 처음으로 한 말이야." 그들이 하는 말을 엿들은 말이 소리쳤다. "그리고 지금 왜 내가 말을 하게 되었는지 설명할 수가 없어. 너희들은 나를 참 희한한 곤경에 빠트렸어, 안 그래?"

"그거라면, 우리도 같은 곤경에 빠져 있어." 도로시가 유쾌하게 대답했다. "하지만 걱정하지 마. 곧 무슨 일이 일어날 거야."

"물론 그렇겠지." 말이 투덜거렸다. "그땐 일어난 일이 유감스러울 거야."

젭이 몸을 떨었다. 이 모든 것이 너무 끔찍하고 비현실적이어서 그는 전혀 이해할 수 없었다. 그래서 두려워하는 것이 당연했다.

그들은 타오르는 색채의 태양들을 향해 빠르게 다가갔고, 그 태양들 옆을 바로 가까이서 지나쳤다. 빛이 너무 밝아서 눈이 부셨기 때문에, 그들은 눈이 멀까 봐 손으로 얼굴을 가렸다. 하지만 색채 태양들에 열은 없었다. 그리고 태양들 아래로 내려온 후에는 마차 지붕이 무수한 광선들을 차단해 주었다. 그래서 소년과 소녀는 다시 눈을 뜰 수 있었다.

"우리는 언젠간 바닥에 닿게 될 거야." 젭이 깊은 한숨을 쉬며 말했다. "영원히 계속해서 떨어질 순 없어."

"물론 그렇지." 도로시가 말했다. "우린 지구 한가운데 어딘가에 있어. 그리고 이제 곧 지구 반대편에 도착하게 될 거야. 그런데 지구 속은 정말 커다랗게 비어 있네, 그렇지 않아?"

"엄청나게 커!" 소년이 대답했다.

"지금 뭔가에 다가가고 있어." 말이 알려 주었다.

이 말을 듣고 둘은 마차 너머로 고개를 내밀어 아래를

내려다보았다. 그랬다. 그들 아래에는 땅이 있었다. 그렇게 멀리 떨어져 있지도 않았다. 하지만 그들은 매우매우 천천히 떠가고 있었다. 너무 천천히 떠가서 더 이상 추락이라고 부를 수 없을 정도였다. 그래서 아이들은 용기를 내어 주위를 둘러볼 충분한 시간을 가졌다.

그들은 지구 표면에 있는 것과 똑같은 산과 평야, 호수와 강이 있는 광경을 보았다. 하지만 전부 여섯 개의 태양에서 나오는 다채로운 빛들에 의해 화려한 색상으로 물들어 있었다. 여기저기에 투명한 유리로 만들어진 것 같은 집들이 무리 지어 있었다. 그 집들은 무척 밝게 반짝이고 있었다.

"난 우리가 위험하지 않다고 확신해." 도로시가 침착한 목소리로 말했다. "굉장히 천천히 떨어지고 있어서 착륙할 때 박살 날 리가 없어. 그리고 우리가 도착하고 있는 이 나라는 아주 예쁜 것 같아."

"그래도 우린 다시는 집에 가지 못할 거야!" 젭이 신음하며 단언했다.

"오, 난 그렇게 확신하진 않아." 소녀가 대답했다. "하지만 그런 것들에 대해선 걱정하지 말자, 젭. 지금은 우리도 어쩔 수가 없어. 그리고 쓸데없는 걱정은 어리석다고 항상 들어 왔어."

소년은 그렇게 현명한 말에 대답할 말이 없어 입을 다

물었다. 그리고 곧 두 아이는 그들 아래 펼쳐진 이상한 광경들을 바라보는 데 완전히 빠져들었다. 그들은 유리로 된 둥근 지붕과 날카롭고 뾰족한 탑들을 가진 높은 건물들이 많이 있는 큰 도시의 한가운데로 떨어지고 있는 것 같았다. 이 뾰족탑들은 커다란 창끝과 같았고, 만약 그들이 그 뾰족탑 중 하나에 떨어진다면, 심각한 상처를 입을 것 같았다.

짐도 이 뾰족탑들을 보았고, 두려움에 두 귀가 꼿꼿이 섰다. 한편 도로시와 젭은 초조해서 숨을 죽였다. 하지만 아니었다. 그들은 넓고 평평한 지붕 위로 부드럽게 내려앉았고, 마침내 추락이 멈췄다.

발아래에 뭔가 단단한 것이 느껴지자, 불쌍한 짐승의 다리는 너무 많이 후들거려 거의 서 있을 수가 없을 정도였다. 젭은 즉시 마차에서 지붕으로 뛰어내렸는데, 너무 허둥대는 바람에 도로시의 새장을 발로 찼다. 새장은 지붕 위로 굴러서 바닥이 떨어져 나갔다. 그러자 분홍색 새끼 고양이가 뒤집힌 새장에서 기어 나와 유리 지붕 위에 앉아서 하품하며 동그란 눈을 깜박였다.

"오." 도로시가 말했다. "걔가 유레카야."

"분홍색 고양이를 본 건 처음이야." 젭이 말했다.

"유레카는 분홍색이 아니라 흰색이야. 이 이상한 빛 때문에 그 색깔로 보이는 거야."

"내 우유는 어디 있어?" 새끼 고양이가 도로시의 얼굴을 올려다보며 물었다. "배고파서 죽을 지경이야."

"오, 유레카! 너 말할 수 있어?"

"말이라고! 내가 말하고 있어? 맙소사, 정말 말을 하고 있군. 정말 웃기지 않아?" 새끼 고양이가 물었다.

"모두 잘못된 거야." 젭이 심각하게 말했다. "동물들은 말을 하면 안 돼. 하지만 우리가 사고를 겪은 후에 늙은 짐조차 말을 하고 있으니 말이야."

"난 잘못됐다고 생각하지 않아." 짐이 걸걸한 목소리로 말했다. "적어도 세상의 다른 것들만큼 잘못된 건 아냐. 이제 우린 어떻게 되는 거지?"

"나도 몰라." 소년이 이상한 듯이 주변을 둘러보며 대답했다.

도시의 집들은 모두 유리로 만들어져 있었는데, 너무 깨끗하고 투명해서 창문을 통하는 것처럼 벽을 통해 쉽게 들여다볼 수 있었다. 도로시가 서 있는 지붕 아래로는 침실로 사용되는 방 몇 개가 보였는데, 이 방들 구석에 모아 놓은 이상한 모양의 여러 형상들을 다 구별해 낼 수 있을 정도였다.

그들 옆의 지붕에는 충돌로 인해 생긴 커다란 구멍이 있었고, 유리 조각들이 사방으로 흩어져 있었다. 근처의 뾰족탑도 깨져서 그 파편들이 옆에 쌓여 있었다. 다른 건물들도 여기저기 깨져 있었으며, 모퉁이들이 부서져 나가 있었다. 하지만 이 사건 때문에 건물들의 완벽함이 손상되기 전에는 무척 아름다웠을 것이 틀림없었다. 색채 태양들에서 나오는 무지개 색조가 유리 도시에 부드럽게 내려앉아, 건물들은 매우 예쁜 섬세하고 변화무쌍한 색깔들을 띠고 있었다.

낯선 자들이 도착한 후에도 그들 자신의 목소리 외에는 어떤 소리도 정적을 깨뜨리지 않았다. 그들은 이 땅속 세상의 거대한 도시에 아무도 살고 있지 않는 건지 궁금해지기 시작했다.

그때 갑자기 그들이 서 있는 지붕 바로 옆 지붕에 난 구멍을 통해 한 사람이 나타나 분명한 모습을 드러냈다. 덩치가 큰 사람은 아니었지만, 균형 잡힌 몸매와 아름다운 얼굴을 지니고 있었다. 멋진 초상화의 얼굴처럼 침착하고 평화로운 얼굴이었다. 옷은 그의 몸에 편안하게 맞았으며, 밝은 초록색의 화려한 색조를 띠고 있었다. 태양 빛이 닿을 때마다 색이 달라졌지만, 태양 광선에 전적으로 영향을 받지는 않았다.

그는 낯선 자들의 모습을 발견하기 전에 유리 지붕을 가로질러 한두 걸음 내딛었다. 하지만 일행을 보고서는 갑자기 멈춰 섰다. 그의 잔잔한 얼굴에 두려워하거나 놀라는 표정은 없었지만, 분명 놀라고 두려웠을 것이 틀림없었다. 잠시 볼품없는 말의 모습을 바라본 후, 지붕의 다른 쪽 끝으로 빠르게 걸어갔기 때문이다. 이상한 동물을 응시하기 위해 고개는 어깨 너머로 돌린 채였다.

"조심해요!" 도로시가 소리쳤다. 그 아름다운 남자가 길을 보지 않는다는 걸 눈치챘기 때문이었다. "조심하지 않으면 떨어질 거예요!"

하지만 그는 도로시의 경고에 관심을 보이지 않았다. 그는 높은 지붕의 끝에 도달해서는 한쪽 발을 공중에 내딛었다. 그리고 침착하게 허공으로 걸어갔다. 그는 마치 단단한 땅에 있는 것 같았다.

크게 놀란 도로시는 달려가 지붕 끝으로 몸을 내밀었다. 그리고 남자가 공중을 통과해 땅을 향해 빠르게 걸어가는 것을 보았다. 곧 그는 거리에 도착해서 유리 현관을 통해 유리 건물 중 하나 안으로 사라졌다.

"정말 이상해!" 도로시가 긴 숨을 들이마시며 놀라워했다.

"맞아. 하지만 이상하긴 해도 굉장히 재밌어." 새끼 고양이가 작은 목소리로 한마디 거들었는데, 도로시가 고개를 돌려 보니 지붕 끝에서 한 걸음 정도 떨어진 허공에서 새끼 고양이가 걷고 있었다.

"돌아와, 유레카!" 도로시가 걱정되어 소리 질렀다. "조심하지 않으면 죽을 거야."

"난 목숨이 아홉 개야." 새끼 고양이가 원을 그리며 걸으면서 부드럽게 그르렁거렸다. 그런 다음 지붕으로 다시 돌아왔다. "하지만 이 나라에서 떨어져서 목숨 중 하나라도 잃을 순 없어. 내가 원하면 정말 떨어지지 않게 할 수 있으니까."

"공기가 네 무게를 지탱해 주니?" 도로시가 물었다.

"물론이야. 안 보여?" 그리고 새끼 고양이는 다시 허공으로 걸어 나갔다가 지붕 끝으로 돌아왔다.

"정말 놀라워!" 도로시가 말했다.

"유레카를 거리로 내려 보내 우릴 도와줄 사람을 찾아보는 건 어때?" 이 이상한 상황에 도로시보다 훨씬 더 놀란 젭이 제안했다.

"어쩌면 우리도 공중에서 걸을 수 있을 거야." 도로시가 대답했다.

젭은 떨면서 뒤로 물러섰다.

"나는 감히 시도를 못 하겠어." 그가 말했다.

"어쩌면 짐이 해 볼 수 있을지 몰라." 도로시가 말을 보면서 계속 말했다.

"그는 아마 하려고 하지 않을걸!" 짐이 대답했다. "난 너무 오랫동안 공중으로 떨어져 내려서 이 지붕 위에 있는 게 좋아."

"하지만 우리가 지붕으로 굴러떨어진 건 아니야." 도로시가 말했다. "이곳에 닿았을 때쯤 우린 아주 천천히 떠가고 있었거든. 그러니 우리가 다치지 않고 거리까지 떠서 내려갈 수 있다고 난 거의 확신해. 유레카는 문제없이 공중을 걸어 다니잖아."

"유레카는 무게가 반 파운드 정도밖에 되지 않아." 말이 냉소적인 어조로 대답했다. "반면 나는 무게가 반 톤 정도 되지."

"너는 그렇게 무게가 많이 나가지는 않아, 짐." 도로시가 말을 쳐다보고 고개를 흔들면서 말했다. "넌 엄청나게 말랐다구."

"오, 그래. 난 늙었어." 말이 실망해서 고개를 늘어뜨리며 말했다. "그리고 난 살면서 고생을 너무 많이 했어, 꼬마 아가씨. 여러 해 동안 시카고에서 역마차를 끌었다구. 그 정도면 누구라도 비쩍 마를 거야."

"짐이 살찔 정도로 많이 먹는다는 건 확실해." 소년이 진지하게 말했다.

"내가 그래? 내가 오늘 먹은 아침 식사를 기억할 수 있어?" 짐은 젭의 말에 화가 난다는 듯이 투덜거렸다.

"우린 다 아침 식사를 하지 못했어." 소년이 말했다. "그리고 이렇게 위험한 때에 먹을 것 타령을 하는 건 어리석은 짓이야."

"굶는 것보다 위험한 건 없어." 말은 젊은 주인의 꾸지

람에 콧방귀를 뀌며 단언했다. "그리고 현재로선 이 이상한 나라에 귀리가 있는지 없는지 아무도 알 수 없어. 있다 하더라도 유리 귀리밖에 없을 거야!"

"오, 아니야!" 도로시가 소리쳤다. "우리 아래에 있는 이 도시의 가장자리에 멋진 정원과 들판이 있는 게 보여. 어쨌든 난 우리가 땅에 내려가는 길을 찾으면 좋겠어."

"왜 걸어 내려가지 않아?" 유레카가 물었다. "나도 말처럼 배가 고파. 그리고 난 우유를 먹고 싶어."

"시도해 볼래, 젭?" 도로시가 소년에게 몸을 돌려 물었다.

젭은 망설였다. 그는 여전히 창백하고 겁에 질려 있었다. 이 무서운 모험이 그를 당황하게 했고, 불안하고 걱정스럽게 했기 때문이다. 하지만 그는 도로시가 자신을 겁쟁이라고 생각하는 건 싫었다. 그래서 지붕 끝에서 천천히 앞으로 나아갔다.

도로시는 그에게 한 손을 뻗었고, 젭은 한 발을 떼어 지붕 끝 너머에 있는 허공에 올려놓았다. 걷기에 충분히 단단한 것 같았다. 그래서 그는 용기를 내어 다른 발도 내딛었다. 도로시는 그의 손을 잡고 뒤따랐다. 그들은 곧 둘 다 공중을 걷고 있었다. 새끼 고양이는 그들 옆에서 깡충거리며 뛰어놀았다.

"어서 와, 짐!" 소년이 소리쳤다. "괜찮아."

공중을 걷고 있어!

짐은 살펴보려고 지붕 끝까지 기어갔다. 그는 현명하고 경험 많은 말이었기에, 다른 이들이 간 곳으로 갈 수 있겠다고 마음먹었다. 그래서 콧바람을 한번 불고는 히힝 소리와 함께 짧은 꼬리를 재빨리 흔들며 지붕을 떠나 공중으로 뛰었고, 곧바로 거리를 향해 떠서 내려가기 시작했다. 무게가 너무 많이 나가는 탓에 짐은 걸어가는 아이들보다 더 빨리 떨어졌고, 내려가는 도중에 아이들을 지나쳤다. 하지만 유리로 된 보도에 도착했을 때는 너무 부드럽게 내려앉아서 짐은 조금도 다치지 않았다.

"어머, 어머!" 도로시가 길게 숨을 쉬며 말했다. "이곳은 정말 이상한 나라야."

사람들이 새로 도착한 일행을 보려고 유리문에서 나오기 시작했고, 곧 상당한 수의 군중이 모였다. 남자들과 여자들이 있었지만, 아이들은 하나도 없었다. 사람들은 모두 아름다운 모습이었고, 매력적으로 옷을 입었으며, 놀라울 정도로 잘생긴 얼굴을 갖고 있었다. 군중 전체에 못생긴 사람은 한 사람도 없었다. 하지만 도로시는 이 사람들의 외모가 특별히 마음에 들지 않았다. 그들의 얼굴은 인형 얼굴처럼 변화가 없었다. 그들은 미소 짓지도 찡그리지도 않았으며, 두려움이나 놀람 혹은 호기심이나 친근함도 보여 주지 않았다. 그들은 그저 낯선 자들을 응시했으며, 주로 짐과 유레카에게 관심을 보였다. 그들은 전에 말이나 고양이를 본 적이 없었고, 도로시와 젭은 그들과 비슷한 외모를 지니고 있었기 때문이었다.

곧 한 남자가 무리에 끼어들었는데, 그는 이마 바로 위 검은 머리칼에 반짝이는 별을 달고 있었다. 그는 권위 있는 사람 같았다. 다른 사람들이 그에게 공간을 내어 주기 위해 물러섰기 때문이다. 그는 침착한 눈으로 동물들을 먼저 보고 난 다음 아이들을 보고서, 도로시보다 키가 약간 더 큰 젭에게 말했다.

"말해라, 침입자. 돌 비를 쏟아지게 한 것이 너였느냐?"

잠시 소년은 그가 무슨 질문을 하는지 알아듣지 못했다. 그때 돌들이 그들과 함께 떨어졌고 그들이 이곳에 도착하기 훨씬 전에 그들을 지나쳐 떨어졌던 것을 기억하고는 대답했다.

"아닙니다, 우리가 한 게 아니에요. 지진이었어요."

별을 단 남자는 잠시 동안 이 말을 곰곰이 생각하면서 조용히 서 있었다. 그런 다음 그가 물었다.

"지진이 뭐지?"

"모르겠어요." 아직도 정신이 혼미한 젭이 말했다. 하지만 이 당황스러운 상황을 보고 도로시가 대답했다.

"그건 땅이 흔들리는 거예요. 이번 지진으로 땅이 크게 갈라졌고 우리가 떨어졌어요. 말과 마차, 그리고 모두 다 떨어진 거죠. 돌들도 땅에서 떨어져 나와 우리와 함께 떨어졌어요."

별을 단 남자는 도로시를 차분하고 무표정한 눈으로 바라보았다.

"돌 비는 우리 도시에 큰 피해를 끼쳤다." 그가 말했다. "만약 너희가 무죄를 입증할 수 없다면, 우린 너희에게 책임을 묻겠다."

"우리가 어떻게 무죄를 입증할 수 있죠?" 도로시가 물었다.

"그건 나도 몰라. 그건 내 문제가 아니라, 너희들 문제야. 너희는 주술사의 집으로 가야 한다. 그가 곧 진실을 밝힐 것이다."

"주술사의 집은 어디 있죠?" 도로시가 물었다.

"내가 안내하겠다. 가자!"

그는 몸을 돌려 길 아래쪽으로 걸었고, 잠시 망설인 도로시는 유레카를 품에 안고 마차에 올라탔다. 소년은 그 옆자리에 앉아서 말했다. "이랴, 짐."

말이 마차를 끌며 천천히 걷자 유리 도시 사람들은 그들을 위해 길을 내주었고, 뒤에서 행렬을 만들었다. 그들은 천천히, 어떤 길은 아래로 따라 내려갔으며, 어떤 길은 위를 향해 움직였고, 처음에는 이쪽으로 돌았다가 다음에는 저쪽으로 돌았다. 그리고 마침내 광장에 도착했다. 광장 한가운데에는 커다란 유리 궁전이 있었는데, 중

앙에 둥근 지붕이 있고 건물 각 모퉁이에는 네 개의 높은 뾰족탑이 있었다.

마법사의 도착

유리 궁전의 입구는 말과 마차가 들어가기에 충분할 정도로 매우 컸다. 그래서 젭은 마차를 몰아 곧장 통과했고, 아이들은 천장이 높은 매우 아름다운 홀로 들어섰다. 사람들은 곧 뒤따라와서 넓은 공간의 가장자리에 동그랗게 원을 만들었다. 그래서 말과 마차 그리고 별을 단 사람이 홀의 중앙을 차지하게 되었다.

"우리에게 나타나시오, 귀그!" 그 사람이 커다란 목소리로 외쳤다.

말이 떨어지자 즉시 연기구름이 나타나 바닥 위로 굴러왔다. 그런 다음 천천히 퍼져서 둥근 천장 안을 타고 올라갔다. 그러자 짐의 바로 앞 유리 옥좌에 앉아 있는 이상한 사람의 모습이 드러났다. 그는 이 나라의 다른 거주자들과 똑같이 생겼는데, 입은 옷이 밝은 노란색이라는 점에서 다른 사람들과 달랐다. 그리고 머리칼은 전혀 없는 대머리에다 얼굴 그리고 손등 전체에 장미 줄기에서나 볼 수 있는 날카로운 가시들이 자라고 있었다. 심지어 그의 코끝에도 가시가 하나 있었는데, 그 모습이 너무 우스꽝스러워서 도로시는 웃음을 터뜨렸다.

웃음소리를 들은 주술사는 차갑고 잔인한 눈빛으로 도로시를 쳐다보았다. 그 눈길에 도로시는 즉각 웃음을 멈췄다.

"왜 초대받지 않은 너희들이 이 조용한 망가부 나라에 감히 침입한 거지?" 그가 엄하게 물었다.

"우리도 어쩔 수 없었어요." 도로시가 말했다.

"왜 사악하고 악독하게 돌 비를 내려 우리의 집들을 부수고 깨뜨린 거지?" 그가 계속 물었다.

"우리가 그렇게 한 게 아니에요." 소녀가 확고하게 말했다.

"증명해 봐라!" 주술사가 소리쳤다.

"우린 증명할 필요가 없어요." 도로시가 화가 나서 말했다. "만약 당신이 분별력이 있다면, 그게 지진이었다는 걸 알았을 거예요."

"우리가 아는 건 단지 어제 돌 비가 내려 큰 피해를 입혔고, 사람들 일부를 다치게 했다는 것이다. 오늘 또 다른 돌

비가 내렸고, 그 후에 곧바로 너희가 나타났단 말이다."

"어쨌든," 별을 단 남자가 주술사를 계속해서 바라보며 말했다. "당신은 어제 우리에게 두 번째 돌 비는 없을 거라 말했소. 하지만 첫 번째보다 훨씬 더 심한 돌 비가 방금 내렸소. 만약 당신 마술이 진실을 말할 수 없다면, 무슨 소용이 있소?"

"제 마술은 진실을 말합니다!" 가시로 덮인 남자가 단언했다. "저는 단지 한 번의 돌 비가 내릴 거라고 말했습니다. 이 두 번째 내린 것은 사람, 말, 마차의 비였습니다. 그리고 약간의 돌이 그들과 함께 내렸지요."

"비가 더 내릴 것 같소?" 별을 단 남자가 물었다.

"아닙니다, 왕자님."

"돌들이나 사람들도 내리지 않는다는 것이오?"

"내리지 않습니다, 왕자님."

"확실하오?"

"확실합니다, 왕자님. 제 마술이 그렇게 말합니다."

바로 그때 한 사람이 홀로 뛰어 들어와 허리를 굽혀 절한 후에 왕자에게 알렸다.

"공중에 이상한 일이 더 있습니다, 왕자님." 그가 말했다.

즉시 왕자와 사람들은 무슨 일이 일어났는지 보려고 모두 홀에서 거리로 몰려 나갔다. 도로시와 젭은 마차에서 뛰어내려 그들을 뒤따라갔다. 하지만 주술사는 조용히 옥좌에 남아 있었다.

공중 높은 곳에 풍선처럼 보이는 물체가 하나 떠 있었다. 그것은 여섯 개의 색채 태양의 불타오르는 별만큼 높이 있지는 않았고, 천천히 공중에서 내려오고 있었다. 너무 천천히 내려와서 처음에는 거의 움직이는 것처럼 보이지 않았다.

군중은 조용히 서서 기다렸다. 그것이 그들이 할 수 있는 전부였다. 그 이상한 광경을 보지 않고 떠나는 건 불가능했고, 그것을 더 빨리 떨어지게도 할 수 없었기 때문이었다. 도로시와 젭은 망가부 사람들의 체격과 매우 비슷해서 눈에 띄지 않았다. 말은 주술사의 집에 남아 있었고, 유레카도 마차 좌석에 웅크리고 잠들어 있었다.

점차 풍선은 더 커졌다. 그것은 풍선이 망가부 나라로 내려앉고 있다는 증거였다. 도로시는 이 나라 사람들이 참을성이 아주 많은 걸 보고 놀랐다. 그녀의 작은 심장은 흥분해서 빠르게 뛰고 있었기 때문이다. 풍선은 지상에서 다른 누군가가 도착한다는 걸 의미했다. 그래서 그녀는 그것이 자신과 젭을 난관에서 벗어날 수 있도록 도와주기를 기대했다.

한 시간이 되지 않아 풍선은 도로시가 그 아래 매달려 있는 바구니를 볼 수 있을 정도로 충분히 가까이 왔다. 두 시간이 되지 않아 그녀는 바구니의 측면 너머로 보이는 머리를 볼 수 있었다. 세 시간이 되지 않아 커다란 풍선은 사람들이 서 있는 광장에 천천히 자리를 잡았고, 유리 도로 위에 안착했다.

이윽고 한 작은 남자가 바구니에서 뛰어나와, 챙 높은 모자를 벗고, 주변에 있는 망가부 군중에게 공손하게 인사했다. 그는 매우 늙고 키가 작은 사람이었고, 머리통은 길었으며 완전히 대머리였다.

"어머나," 도로시가 놀라서 소리쳤다. "오즈잖아!"

작은 남자는 도로시를 바라보았는데, 그녀만큼 많이 놀란 것 같았다. 하지만 그는 곧 미소를 지으며 절을 했고 이렇게 대답했다.

"그래, 얘야. 나는 그 위대하고 무서운 오즈란다. 그리고 넌 캔자스에서 온 어린 도로시구나. 난 너를 아주 잘 기억하지."

"그가 누구라고 했어?" 젭이 도로시에에 속삭였다.

"그는 오즈의 위대한 마법사야. 그에 대해 들어 본 적 없어?"

바로 그때 별을 단 남자가 와서 마법사 앞에 섰다.

"이보시오," 그가 말했다. "당신은 왜 이곳 망가부 나라에 온 것이오?"

"이곳이 어떤 나라인지 몰랐다오." 오즈는 즐겁게 미소를 띠며 대답했다. "그리고 솔직히 말하면, 처음 출발할 땐 이곳을 방문할 생각이 없었지요. 난 여러분의 자랑거리인 지구 위에 살고 있는데, 그곳은 지구 속에 사는 것보다 훨씬 더 좋아요. 그런데 어제 열기구를 타고 올라갔다가 내려오는 길에 지진 때문에 생긴 땅의 커다란 갈라진 틈으로 떨어졌지요. 풍선에서 가스가 너무 많이 새어 나가서 다시 올라갈 수가 없었어요. 그리고 몇 분 후에 내 머리 위에서 땅이 닫혀 버린 거야. 그래서 난 이곳에 도착할 때까지 계속 내려왔지요. 만약 여러분이 내게 여기서 빠져나갈 길을 알려 준다면 난 기쁘게 떠나겠소. 여러분에게 폐를 끼쳐 미안하지만, 어쩔 수 없었다오."

왕자는 신중하게 그의 말을 듣더니, 이렇게 말했다.

"당신처럼 지상에서 온 이 아이는 당신을 마법사라 불렀소. 마법사는 주술사 같은 존재 아닌가요?"

"더 나은 존재지요." 오즈가 즉시 대답했다. "마법사 한 명은 주술사 세 명의 가치가 있어요."

"아, 그걸 증명해 보시오." 왕자가 말했다. "현재 우리 망가부는 덤불에서 수확한 가장 위대한 주술사 중 한 명을 보유하고 있소. 하지만 그는 때때로 실수를 하지요. 당신도 실수를 하나요?"

"절대로 안 하죠!" 마법사가 대담하게 단언했다.

"오, 오즈!" 도로시가 말했다. "당신은 경이로운 나라 오즈에 있을 때 실수를 많이 했잖아요."

"말도 안 되는 소리!" 키가 작은 오즈는 얼굴을 붉히며 말했다. 바로 그때 보라색 태양 광선이 그의 둥근 얼굴에 비쳤지만 말이다.

"나와 함께 갑시다." 왕자가 그에게 말했다. "당신이 우리 주술사를 만나면 좋겠소."

마법사는 이 초대가 반갑지 않았지만, 거절할 수는 없었다. 그래서 그는 왕자를 따라 거대한 둥근 지붕이 있는 홀로 갔다. 도로시와 젭은 그들을 뒤따랐고, 군중도 무리지어 들어왔다.

가시가 난 주술사는 옥좌에 앉아 있었다. 마법사는 그를 보자 약간 익살스러운 미소를 보이며 웃기 시작했다.

"참으로 이상하게 생긴 생물체로군!" 그가 소리쳤다.

"그가 이상하게 보일 수는 있지만," 왕자가 조용한 목소리로 말했다. "탁월한 주술사요. 유일한 단점은 너무 자주 틀린다는 것이지."

"난 절대 틀리지 않아요." 주술사가 대답했다.

"불과 몇 분 전에 당신은 내게 더 이상 돌들이나 사람들의 비가 없을 거라 말했소." 왕자가 말했다.

"그런데요?"

"여기 공중에서 내려온 또 다른 사람이 있소. 그게 당신이 틀렸다는 걸 증명하지."

"한 사람을 '사람들'이라고 부를 수는 없습니다." 주술사가 말했다. "만약 두 사람이 하늘에서 내려왔다면, 당연히 내가 틀렸다고 말할 수 있겠지요. 하지만 이 사람보다 더 많은 사람이 나타나지 않았다면, 난 내가 옳았다고 주장할 겁니다."

"매우 똑똑하군." 마법사가 기쁜 듯이 고개를 끄덕이며 말했다. "지구 위와 똑같이 지구 속에서도 사기꾼을 발견해서 기쁘군. 이보게, 서커스에 있어 본 적이 있나?"

"없소." 주술사가 말했다.

"서커스에 참여하는 게 좋겠군." 키 작은 남자가 진지하게 말했다. "나는 '베일럼과 바니의 위대한 통합 쇼'에서 일하는데, 한 천막에서는 세 개의 고리 쇼를 하고, 옆 천막에서는 동물 쇼를 하지. 분명히 말하지만, 훌륭한 서커스단이오."

"당신은 뭘 하죠?" 주술사가 물었다.

"난 보통 관객을 서커스에 끌어모으기 위해 풍선을 타고 올라가지. 하지만 난 지금 막 하늘에서 내려오다가 단단한 땅을 건너뛰고, 내가 의도한 것보다 더 아래에 있는 곳에 착륙하는 불운을 겪었소. 하지만 신경 쓰지 마시오. 아무나 당신의 가바주 나라를 볼 수 있는 기회를 얻진 못하니까."

"망가부요." 주술사가 그의 표현을 수정해 주며 말했

다. "당신이 마법사라면 사람들을 올바른 이름으로 부를 수 있어야 하죠."

"오, 난 마법사요. 당신도 확신할 수 있겠지. 당신이 주술사인 것과 마찬가지로 훌륭한 마법사지."

"두고 보면 알겠죠." 주술사가 말했다.

"만약 당신이 더 낫다는 걸 증명한다면," 왕자가 작은 남자에게 말했다. "난 당신을 이곳의 최고 마법사로 삼을 것이오. 못 한다면…."

"못 한다면 어떻게 되지요?" 마법사가 물었다.

"당신을 살려 두지 않을 것이고, 당신을 이곳에 심는 것도 금지할 것이오." 왕자가 응답했다.

"그 말은 그다지 즐겁게 들리지 않는군요." 키 작은 남자가 별을 단 남자를 불편하게 바라보며 말했다. "하지만 괜찮소. 내가 늙은 가시 인간을 이길 테니까."

"내 이름은 귀그요." 주술사가 무자비하고 잔인한 눈길을 경쟁자에게 돌리며 말했다. "당신이 내가 행할 마술에 대적할 수 있을지 봅시다."

그가 가시 돋친 손을 흔들자, 즉시 달콤한 음악을 연주하는 종소리가 들렸다. 그 소리가 어디에서 들려오는지 보려 해도, 도로시에게는 거대한 유리 홀 안에 종이 보이지 않았다.

망가부 사람들은 귀를 기울이면서도, 큰 관심을 보이지

는 않았다. 그것은 자신이 마법사임을 증명하기 위해 귀그가 늘 하던 것 중 하나였다.

이제는 마법사 차례였다. 그는 모여 있는 군중에게 미소를 지으며 물었다.

"누가 내게 모자를 하나 빌려주겠소?"

아무도 빌려주는 사람이 없었다. 망가부 사람들은 모자를 쓰지 않았고, 젭은 공중을 나는 과정에서 모자를 잃어버렸기 때문이었다.

"에헴!" 마법사가 말했다. "누가 내게 손수건을 빌려주실 분이 계실까요?"

하지만 그들에게는 손수건도 없었다.

"아주 좋아요." 마법사가 말했다. "여러분이 괜찮다면, 내 모자를 사용하지요. 자 여러분, 나를 조심스럽게 관찰하세요. 보다시피 내 옷 소매엔 아무것도 없습니다. 그리고 내 몸엔 아무것도 숨기지 않았어요. 또 내 모자는 완전히 비어 있죠." 그는 모자를 벗어 거꾸로 들고 기운차게 흔들었다.

"내가 한번 보겠소." 주술사가 말했다.

그는 모자를 받아 자세히 검사한 후 마법사에게 돌려주었다.

"이제" 마법사가 말했다. "나는 무에서 유를 만들어 내겠소."

그는 모자를 유리 바닥 위에 놓고, 모자 위에서 손을 휘저었다. 그런 다음 모자를 치우자, 생쥐만 한 작고 하얀 새끼 돼지가 나타났다. 새끼 돼지는 이리저리 돌아다니며 작고 날카로운 소리로 꿀꿀거리고 꽥꽥거리기 시작했다.

사람들은 이 광경을 열심히 지켜보았다. 그들은 크든 작든 전에 돼지를 본 적이 없었기 때문이었다. 마법사는 손을 뻗어 조그만 돼지를 붙잡아, 엄지손가락과 집게손가락으로 머리를 잡고, 다른 엄지손가락과 집게손가락으로 꼬리를 잡아당겨 떼어 놓았다. 그러자 떨어진 두 부분이 각각 단숨에 온전한 두 마리 새끼 돼지가 되었다.

그는 한 마리를 바닥에 올려놓아 돌아다니게 했다. 그리고 다른 한 마리를 잡아당겨 떼어 놓아, 모두 세 마리의 새끼 돼지를 만들었다. 그런 다음에 이들 중 한 마리를 잡아당겨 네 마리의 새끼 돼지를 만들었다. 마법사는 모두 아홉 마리의 새끼 돼지가 자신의 발 주변에 돌아다닐 때까지 이 놀라운 마법을 계속했다. 새끼 돼지늘은 매우 우스꽝스럽게 꿀꿀거리고 꽥꽥거렸다.

"이제" 오즈의 마법사가 말했다. "무에서 유를 만들어 냈으니, 다시 유를 무로 만들겠소."

이 말과 함께 그는 새끼 돼지 두 마리를 붙잡아 밀어 합쳤다. 두 마리는 한 마리가 되었다. 그런 다음 그는 또 다른 새끼 돼지를 붙잡아 첫 번째 새끼 돼지 속으로 밀어 넣었고, 그러자 그 새끼 돼지는 사라졌다. 그렇게 한 마리 한 마리씩 아홉 마리 새끼 돼지는 다시 합쳐져서 한 마리만 남게 되었다. 마법사는 이 새끼 돼지를 모자 아래에 놓고 그 위에서 주문을 걸었다. 그가 모자를 치웠을 때 그 마지막 새끼 돼지는 완전히 사라지고 없었다.

작은 마법사가 자신을 조용히 지켜본 군중에게 절을 하자, 왕자가 침착하고 태연한 목소리로 말했다.

"당신은 정말 위대한 마법사군요. 당신의 능력은 내 주술사의 능력보다 더 훌륭합니다."

"그는 오랫동안 위대한 마법사가 되지는 못할 겁니다." 귀그가 말했다.

"왜 그렇지?" 마법사가 물었다.

"내가 당신의 숨통을 끊어 놓을 테니까." 돌아온 대답이었다. "내가 파악하건대 당신 몸은 기묘하게 구성되어 있어. 만약 숨을 쉴 수 없다면, 당신은 살아 있을 수 없지."

마법사는 곤란한 것처럼 보였다.

"당신이 내 숨을 멈추게 하려면 얼마나 오래 걸릴까?" 그가 물었다.

"5분 정도. 이제 시작할 테니 나를 조심스럽게 지켜봐라."

그는 마법사를 향해 이상한 신호와 손놀림을 하기 시작했다. 하지만 작은 마법사는 그를 오래 지켜보지 않았다.

얍!

대신 호주머니에서 가죽 케이스를 끄집어내, 거기서 날카로운 칼 몇 개를 꺼내더니 하나씩 하나씩 연결하여 긴 칼을 만들었다. 마법사가 이 칼을 손잡이에 붙였을 때쯤, 그는 숨을 쉬기가 너무 힘들었다. 주술사의 주문이 효력을 발휘하기 시작했기 때문이었다.

그래서 마법사는 더 이상 시간을 낭비하지 않고 앞으로 뛰어올라 날카로운 칼을 들어 올려 머리 주위로 한두 번 휘둘렀다. 그런 다음 강하게 내리쳐 주술사의 몸을 정확히 둘로 갈라놓았다.

도로시는 앞으로 끔찍한 광경을 보게 될 거라고 예상하며 비명을 질렀다. 하지만 두 쪽으로 갈라진 주술사의 몸이 바닥에 떨어졌을 때, 그녀는 그의 몸 안에 뼈나 피가 전혀 없다는 것을 알게 되었다. 몸이 잘린 부분은 잘라 놓은 무나 토마토처럼 보였다.

"이런, 그는 식물 인간이군!" 마법사가 놀라서 말했다.

"물론이오." 왕자가 말했다. "이 나라에 있는 우린 모두 식물이오. 당신들도 식물이 아니오?"

"아닙니다." 마법사가 대답했다. "지상에 있는 사람들은 모두 동물입니다. 당신의 주술사는 죽을까요?"

"당연하오. 그는 지금 완전히 죽은 상태이고, 곧 시들 거요. 그래서 우리는 당장 그를 심어야 합니다. 그래야 다른 주술사들이 그의 몸에서 자라날 수 있을 테니까요." 왕자가 계속 말했다.

"그게 무슨 뜻이죠?" 작은 마법사가 어리둥절해서 물었다.

"만약 우리의 공공 정원에 동행하신다면," 왕자가 대답했다. "제가 우리 식물 왕국의 신비를 훨씬 더 잘 설명해 드리지요."

식물 왕국

 마법사가 칼에서 습기를 닦아 내고 칼을 분해하여 조각들을 가죽 케이스에 다시 집어넣은 후, 별을 단 남자는 그의 백성 중 몇몇에게 주술사의 잘린 두 반쪽을 공공 정원으로 옮기도록 명령했다.

 짐은 그들이 징원으로 살 거라는 소리를 듣자 귀를 쫑긋 세우며, 뭔가 먹을 것을 찾을 수 있으리라 생각하면서 일행과 함께 가기를 원했다. 그래서 젭은 마차 덮개를 내리고 마법사를 초대하여 자기들과 함께 타게 했다. 좌석은 키 작은 마법사와 두 어린이가 타기에 충분히 넓었다. 짐이 홀을 떠나 출발할 때, 새끼 고양이는 짐의 등에 뛰어 올라 아주 만족스럽게 자리를 잡았다.

그렇게 거리에는 행렬이 이어졌다. 주술사의 몸을 옮기는 사람들이 맨 앞에, 왕자가 그다음에 갔고, 그 뒤에는 짐이 이방인들을 태운 마차를 끌고 갔다. 마지막으로 심장이 없어 미소 지을 수도 찡그릴 수도 없는 식물 인간 무리가 뒤따랐다.

유리 도시에는 몇 개의 멋진 거리가 있었다. 상당히 많은 사람이 거기 살았다. 이 거리들을 통과하자 일행은 넓은 평원에 도착했다. 그곳은 정원들로 뒤덮여 있었고 예쁜 시내 여럿이 그곳을 통과해 흐르고 있었다. 이 정원들 사이로 길들이 나 있었고, 몇몇 시냇물 위에는 멋지게 장식된 유리 다리들이 놓여 있었다.

도로시와 젭은 이제 마차에서 내려 왕자 옆에서 걸었다. 꽃과 식물 들을 좀 더 잘 보고 싶었기 때문이다.

"누가 이 아름다운 다리를 세웠나요?" 도로시가 물었다.

"다리를 세운 사람은 없어." 별을 단 남자가 대답했다. "그냥 자라나지."

"정말 이상하군요." 도로시가 말했다. "도시의 유리 집들도 그냥 자라났나요?"

"물론이야." 그가 대답했다. "하지만 지금처럼 크고 멋지게 자라는 데는 상당히 많은 시간이 걸렸지. 그래서 돌비가 내려 탑들을 부수고 지붕을 깨뜨렸을 때 우리가 그렇게 화가 난 거야."

"고칠 순 없나요?" 도로시가 물었다.

"안 돼. 하지만 때가 되면 다시 함께 자랄 거야. 그리고 우린 그때까지 기다려야만 해."

그들은 맨 먼저 도시에서 가장 가까운 곳에 꽃들이 피어 있는 아름다운 정원들을 여럿 통과했다. 하지만 도로시는 꽃들이 어떤 종류인지 알 수 없었다. 꽃 색깔이 여섯 개의 태양이 비추는 빛 아래에서 계속 변했기 때문이다. 어떤 꽃은 한순간 분홍색이었다가, 다음 순간에는 흰색, 그다음에는 파란색 혹은 노란색이 되었다. 땅 가까이에서 자라는 넓은 잎을 가진 식물들에 이르렀을 때도 마찬가지였다.

그들이 풀밭 위를 지나갈 때, 짐은 즉시 머리를 아래로 뻗어 조금씩 먹기 시작했다.

"이곳은 멋진 나라야." 그가 투덜거렸다. "점잖은 말이 분홍색 풀을 먹어야 하니 말이야."

"그건 보라색이야." 마차 안에 있던 마법사가 말했다.

"지금은 파란색이야." 말이 불평했다. "사실 난 무지갯빛 풀을 먹고 있어."

"맛은 어때?" 마법사가 물었다.

"전혀 나쁘지 않아." 짐이 말했다. "많이만 준다면, 풀 색깔은 불평하지 않겠어."

이때쯤 일행은 갓 일군 밭에 도착했다. 왕자가 도로시에게 말했다.

"이곳이 우리가 식물을 심는 땅이다."

망가부 사람 몇 명이 유리 삽을 들고 앞으로 나와 땅에 구멍을 팠다. 그런 다음 그들은 주술사의 잘린 두 몸통을 그 안에 넣고 흙으로 덮었다. 그 후에 다른 사람들이 시냇가에서 물을 가져와 흙에 뿌렸다.

"그는 곧 싹을 틔우고," 왕자가 말했다. "커다란 나무로 자라날 거야. 때가 되면 우리는 거기에서 매우 훌륭한 주술사를 몇 명 딸 수 있을 거야."

"이곳 사람들은 모두 나무에서 자라나요?" 소년이 물었다.

"물론이지." 돌아온 대답이었다. "너희가 온 지상에서는 사람들이 나무에서 자라지 않니?"

"그런 건 들어 본 적이 없어요."

"정말 이상하군! 나와 함께 지역 정원 중 한 곳으로 가면, 망가부 나라에서 우리가 자라는 방식을 보여 주겠다."

이 이상한 사람들은 쉽게 공중을 걸어 다닐 수 있는 반면, 땅 위에서는 평범하게 움직였다. 그들의 집에는 계단이 없었다. 계단이 필요하지 않았기 때문이다. 하지만 땅 위에서는 보통 우리가 걷는 것과 똑같이 걸었다.

이방인 일행은 이제 왕자를 따라 유리 다리 몇 개를 더

사람들이 나무에서 자라고 있어!

건너고 몇 개의 길을 따라 걸어 마침내 높은 울타리로 둘러싸인 정원에 이르렀다. 짐은 허겁지겁 먹는 데 열중하던 풀밭을 떠나지 않으려 했다. 그래서 마법사는 마차에서 내려서 젭과 도로시와 함께 갔다. 그리고 새끼 고양이는 점잖게 그들 뒤를 따랐다.

울타리 안에서 그들은 줄지어 있는 크고 잘생긴 식물들을 만났다. 그 식물들의 넓은 잎들은 우아하게 휘어져 있었으며 끝이 거의 땅에 닿아 있었다. 각 식물의 중앙에는 고상하게 차려입은 망가부 사람이 자라고 있었다. 이들이 입고 있는 의복도 함께 자라나 점점 그들에게 입혀지고 몸에 부착되었다.

자라고 있는 망가부 사람들은 크기가 제각각이었다. 이제 막 갓난아기로 변한 꽃에서부터 완전히 성숙한 거의 잘 익은 남자 혹은 여자까지 있었다. 어떤 나무들에서는 봉오리, 꽃, 아기, 반쯤 자란 사람과 성숙한 사람이 보였다. 하지만 나무에서 딸 준비가 된 사람들조차 마치 생명이 없는 것처럼 움직임이 없고 조용했다. 이 광경을 본 도로시는 망가부 사람들 사이에 어린이가 없는 이유를 알게 되었다. 지금까지는 그녀는 그것을 이해할 수 없었다.

"우리 나라 사람들은 나무를 떠날 때까지는 진정한 생명을 얻지 못한다." 왕자가 말했다. "그들이 모두 발바닥을 통해 나무에 부착되어 있는 걸 볼 수 있을 거야. 완전히 익으면 쉽게 줄기에서 떨어져 즉시 움직이고 말할 수 있는 힘을 얻게 되지. 그래서 자라는 동안에는 진정으로 살아 있다고 말할 수 없고, 나무에서 떨어진 후에야 좋은 시민이 될 수 있는 거야."

"나무에서 떨어진 후에는 얼마나 오래 살죠?" 도로시가 물었다.

"그건 우리가 자신을 보살피는 정도에 달려 있지." 그가 대답했다. "만약 시원하고 축축한 상태를 유지하고 아무런 사고를 당하지 않는다면, 보통 5년 정도 살지. 난 나무에서 떨어진 지 6년이 넘었지만, 우리 가족은 특별히 장수하는 것으로 알려져 있다."

"당신들은 음식을 먹나요?" 소년이 물었다.

"먹는다고! 전혀 아니야. 우리의 몸 내부는 매우 견고해서 감자처럼 먹을 필요가 없다."

"하지만 감자들도 때로는 싹을 틔워요." 젭이 말했다.

"우리도 때로는 그래." 왕자가 대답했다. "하지만 그건 큰 불행으로 여겨진다. 그땐 당장 심겨야 하니까 말이야."

"당신은 어디에서 자랐죠?" 마법사가 물었다.

"보여 드리지." 그가 대답했다. "이쪽으로 오시오."

그는 일행을 또 다른 더 작은 울타리 안으로 안내했다. 그곳에는 크고 아름다운 나무가 한 그루 자라고 있었다.

"이것은" 그가 말했다. "망가부의 왕족 나무요. 우리 나라의 왕과 군주들은 모두 원시 시대부터 이 한 나무에서 자라났지."

일행은 말없이 감탄하는 마음으로 나무 앞에 서 있었다. 가운데 줄기에는 한 소녀의 형상이 매달려 있었는데, 너무나 우아한 형태와 색깔을 지니고 있는 데다 그 섬세한 얼굴이 너무나 사랑스러워 도로시는 평생 그토록 사랑스럽고 귀여운 존재를 본 적이 없다고 생각했다. 그 소녀의 의상은 공단처럼 부드러웠으며, 넓은 주름 장식으로 그녀를 감싸고 있었다. 레이스처럼 우아한 장식 무늬들이 몸통과 소매 부분을 치장하고 있었다. 그녀의 피부는 반짝이는 상아처럼 건강하고 매끄러웠고, 그녀의 모습은 우아하면서도 위엄이 있었다.

"이 사람은 누구죠?" 마법사가 호기심에 물었다.

왕자는 나무 위의 소녀를 열심히 쳐다보고 있었다. 그러다가 침착한 어조에 불편한 기색을 담아 대답했다.

"그녀는 나의 후계자로 정해진 군주죠. 왕실의 공주니까. 그녀가 완전히 성숙하면, 나는 망가부의 통치권을 그녀에게 양도해야 하오."

"그녀는 지금 충분히 성숙하지 않았나요?" 도로시가 물었다.

그는 망설였다.

"완전히 성숙한 것은 아니지." 마침내 그가 말했다. "며칠만 지나면 그녀를 따야 할 거요. 적어도 내 판단에는 그렇소. 여러분도 알 수 있겠지만, 나는 서둘러 내 직무를 포기하고 땅에 심기고 싶은 생각은 없소."

"그런 것 같군요." 마법사가 고개를 끄덕이며 동의했다.

"이것이 우리 식물 인간의 삶에서 가장 불쾌한 것 중 하나요." 왕자가 한숨을 쉬며 계속 말했다. "아주 왕성한 상태에 있는 동안에 우리는 다른 이에게 자리를 양보하고, 땅속에 묻혀 싹을 틔우고 성장하여 다른 사람들을 탄생시켜야만 하지."

"공주님은 딸 때가 된 게 분명해요." 도로시가 나무에 붙어 있는 아름다운 소녀를 열심히 바라보며 주장했다. "지금도 아주 완벽해요."

"신경 쓰지 마." 왕자가 서둘러 대답했다. "그녀는 며칠 더 지나도 괜찮을 테니까. 그리고 이방인들을 처분할 수 있을 때까지 내가 다스리는 것이 최선이야. 초대받지도 않고 우리 나라에 왔으니, 당장 처리되어야 해."

"우릴 어떻게 하실 거죠?" 젭이 물었다.

"그 문제는 아직 내가 완전히 결정하지 않았다." 왕자가 대답했다. "내 생각에 이 마법사는 새로운 주술사를 딸 준비가 될 때까지 살려 둘 거야. 그는 기술이 있고 우리에게 유용할 수 있으니까 말이야. 하지만 나머지는 어떤 방식으로든 폐기해야만 해. 너희는 심을 수도 없어. 난 우리 나라에 말과 고양이 그리고 육체 인간이 자라는 걸 원치 않으니까."

"걱정하실 필요 없어요." 도로시가 말했다. "우린 땅 밑에서 자라지 않을 거예요."

"하지만 왜 내 친구들을 없애려는 거죠?" 작은 마법사가 물었다. "왜 살려 두지 않으려는 거죠?"

"그들은 이곳에 속하지 않소." 왕자가 대답했다. "그들은 지구 속에 있을 권리가 전혀 없소."

"우린 이곳에 내려오는 걸 청하지 않았어요. 우린 떨어졌다구요." 도로시가 말했다.

"그건 변명이 안 돼." 왕자가 냉정하게 선언했다.

아이들은 당혹해서 서로를 쳐다보았다. 마법사는 한숨을 쉬었다. 유레카는 얼굴에 앞발을 문지르며 부드럽게 가르랑거리는 목소리로 말했다.

"그는 날 죽일 필요는 없을 거야. 당장 뭔가를 먹지 못하면, 난 곧 굶어 죽을 테니까. 그래서 그의 수고를 덜게 될 거야."

"만약 널 심으면, 고양이 꼬리 식물을 키울 수도 있을 텐데." 마법사가 제안했다.

"오, 유레카! 우리가 너에게 우유 식물을 찾아 줄 수 있을 거야." 소년이 말했다.

"쳇!" 새끼 고양이가 으르렁거렸다. "난 그런 불결한 것들은 입도 대지 않을 거야!"

"넌 우유가 필요 없어, 유레카." 도로시가 말했다. "넌 이제 다른 음식을 먹어도 될 만큼 충분히 컸다구."

"그런 음식을 얻을 수 있어야 말이지." 유레카가 덧붙였다.

"나도 배가 고파." 젭이 말했다. "그런데 한 정원에서 딸기가 자라는 걸 보았어. 그리고 또 다른 곳에선 멜론이 자라고 있었어. 이 나라 사람들은 그런 걸 먹지 않아. 그러니 아마 돌아가는 길에 우리에게 그것들을 먹게 해 줄지도 몰라."

"배고픈 건 신경 쓰지 마라." 왕자가 끼어들었다. "몇 분 후에 너희를 없애라고 명령할 거야. 그러니 우리의 예쁜 멜론 덩굴과 딸기나무를 파괴할 필요는 없을 것이다. 너희들의 최후를 맞이하러 날 따라오너라."

도로시가 공주를 따다

차갑고 축축한 식물 왕자의 말은 전혀 위안이 되지 않았다. 그는 일행에게 말을 한 후에 돌아서서 울타리를 떠났다. 아이들은 슬픔과 절망을 느끼면서 그를 뒤따르려 했다. 그때 마법사가 부드럽게 도로시의 어깨를 건드렸다.

"잠깐!" 그가 속삭였다.

"왜요?" 도로시가 물었다.

"우리가 공주님을 따면 어떨까." 마법사가 말했다. "난 그녀가 충분히 성숙했다고 확신해. 그녀는 생명을 얻자마자 통치자가 될 거야. 그러면 저 무정한 왕자가 의도하는 것보다 우리를 더 잘 대해 줄 수도 있어."

"맞아요!" 도로시가 신이 나서 소리쳤다. "기회가 있을 때 그녀를 따요. 별을 단 남자가 돌아오기 전에요."

그래서 그들은 커다란 나무 쪽으로 몸을 기울여 각자 사랑스러운 공주의 손을 하나씩 붙잡았다.

"당겨요!" 도로시가 소리쳤다. 그러자 공주가 그들을 향해 기울어졌고 줄기가 부러지며 그녀의 발에서 떨어져 나갔다. 그녀는 전혀 무겁지 않았다. 그래서 마법사와 도로시는 그녀를 부드럽게 땅에 세웠다.

아름다운 공주는 한순간 두 손을 눈 위로 올리고, 헝클어진 머리칼을 밀어 넣어 정돈했다. 그리고 정원을 둘러본 후 옆에 있는 일행에게 우아하게 인사를 하고는, 달콤하지만 침착한 목소리로 말했다.

"정말 감사해요."

"공주님께 인사드립니다!" 마법사가 무릎을 꿇고 그녀에 손에 입을 맞추며 소리쳤다.

바로 그때 그들에게 서두르라고 소리치는 왕자의 목소리가 들렸다. 잠시 후 그는 여러 사람을 이끌고 울타리 안으로 돌아왔다.

즉시 공주는 몸을 돌려 그를 보았다. 그녀가 나무에서 떼어진 것을 본 왕자는 말없이 서서 몸을 떨기 시작했다.

"왕자님," 공주가 매우 위엄 있게 말했다. "당신은 내게 큰 잘못을 했어요. 만약 이 이방인들이 날 구해 주지 않았다면, 훨씬 더 나를 잘못되게 했을 겁니다. 나는 지난주 내

당겨요!

내 떼어질 준비가 되어 있었어요. 하지만 당신이 이기적이고 불법적인 통치를 지속하고 싶었기에 나를 나무에 매달려 있게 내버려두었어요."

"난 당신이 성숙한 것을 몰랐소." 왕자가 낮은 목소리로 대답했다.

"내게 왕가의 별을 주세요!" 그녀가 명령했다.

천천히 그는 자신의 이마에서 빛나는 별을 떼어 공주의 이마에 붙였다. 그러자 모든 사람이 그녀에게 머리를 조아렸고, 왕자는 돌아서서 홀로 걸어가 버렸다. 나중에 그가 어떻게 되었는지 우리 친구들은 전혀 알지 못했다.

망가부 사람들은 이제 행렬을 이루어 새로운 통치자를 궁전으로 안내하고 적절한 의식을 행하기 위해 유리 도시를 향해 행진했다. 사람들의 행렬이 땅 위를 걷는 동안 공주는 그들의 머리 위에서 공중으로 걸었다. 자신이 신하들보다 더 우월하고 고귀하다는 것을 보여 주기 위함이었다.

이제는 아무도 이방인들에게 관심을 기울이지 않는 것 같았다. 그래서 도로시와 젭, 마법사는 행렬이 계속 지나가게 한 다음, 그들만 따로 식물 정원을 돌아다녔다. 그들은 시냇가 위의 다리들을 건너려 애쓰지 않았다. 시냇물에 이르면 발을 높이 들어 공중을 걸어 반대편으로 갔다. 이것은 그들에게 매우 흥미로운 경험이었다. 도로시가 말했다.

"우리가 어떻게 이렇게 쉽게 공중을 걸을 수 있는지 궁금해."

"아마도" 마법사가 대답했다. "우리가 지구 중심에 가까워졌기 때문일 거야. 그곳에서는 중력이 매우 약하거든. 어쨌든 난 요정의 나라에서 이상한 일들이 많이 일어나는 것을 보았단다."

"이곳은 요정의 나라인가요?" 소년이 물었다.

"물론이지." 도로시가 즉시 대답했다. "오직 요정의 나라에만 식물 인간들이 있을 수 있어. 그리고 오직 요정의 나라에서만 유레카와 짐이 우리처럼 말을 할 수 있을 거야."

"맞는 말이야." 젭이 생각에 잠겨 말했다.

식물 정원에서 그들은 딸기와 멜론 그리고 이름을 모르는 몇 가지 다른 맛있는 과일을 발견했고, 그것들을 실컷 먹었다. 하지만 새끼 고양이가 우유나 고기를 요구하면서 계속 그들을 괴롭혔다. 그리고 마법사인 주제에 마술로 우유 한 접시도 가져다줄 수 없다고 욕을 했다.

그들이 아직 열심히 먹고 있는 짐을 지켜보며 풀밭에 앉있을 때, 유레카가 말했다.

"나는 당신이 마법사라는 걸 절대 안 믿어요!"

"맞아," 작은 마법사가 말했다. "네가 옳아. 엄격하게 말하면 난 마법사가 아니라 사기꾼에 불과하지."

"오즈의 마법사는 항상 사기꾼이었어." 도로시가 동의했다. "난 그를 오랫동안 알고 있었지."

"만약 그렇다면," 소년이 말했다. "어떻게 저 사람이 새끼 돼지 아홉 마리로 그 놀라운 묘기를 부릴 수 있었지?"

"몰라." 도로시가 말했다. "하지만 틀림없이 속임수였을 거야."

"정말 맞아." 마법사가 도로시에게 고개를 끄덕이며 분명히 말했다. "저 흉측한 주술사와 왕자를 속여야 했지. 그들의 어리석은 백성들도 말이야. 하지만 너희는 내 친구니까, 난 그게 단지 속임수였다고 말하는 게 거리끼지 않는다."

"하지만 난 내 눈으로 새끼 돼지들을 봤단 말이야!" 젭이 소리쳤다.

"나도 봤어." 새끼 고양이가 으르렁댔다.

"분명히" 마법사가 대답했다. "너는 새끼 돼지들을 보았지. 돼지들이 거기 있었으니까. 그들은 지금 내 안주머니에 있단다. 그들을 나누고 다시 합치는 건 단지 손기술 속임수였지."

"돼지들을 보여 줘요." 유레카가 졸라 댔다.

작은 마법사는 조심스럽게 주머니 속을 더듬었고, 조그만 새끼 돼지들을 꺼내 풀 위에 한 마리씩 내려놓았다. 그곳에서 새끼 돼지들은 돌아다니며 부드러운 풀잎을 조금씩 뜯어먹었다.

"돼지들도 배가 고프군." 그가 말했다.

"오, 정말 귀여워요!" 도로시가 한 마리를 붙잡아 쓰다듬으며 소리쳤다.

"조심해!" 새끼 돼지가 꽥 비명을 지르며 말했다. "네가 나를 짓누르고 있잖아!"

"어이쿠!" 마법사가 놀라서 새끼 돼지들을 바라보며 중얼거렸다. "얘들이 정말 말을 할 수 있구나!"

"내가 한 마리 먹어도 돼요?" 새끼 고양이가 신난 목소리로 물었다. "난 진짜 배고파요."

"쉿, 유레카," 도로시가 꾸짖듯이 말했다. "무슨 그런 잔인한 질문을! 이 사랑스러운 작은 돼지들을 먹는 건 끔찍한 일이야."

"내가 하고 싶은 말이야!" 또 다른 새끼 돼지가 유레카를 불쾌하게 쳐다보며 툴툴거렸다. "고양이들은 잔인한 것들이야."

"난 잔인하지 않아." 새끼 고양이가 하품을 하며 대답했다. "그냥 배가 고픈 거야."

"아무리 배가 고파도 내 새끼 돼지들을 먹어선 안 돼." 작은 마법사가 엄한 목소리로 선언했다. "그들은 내가 마법사라는 걸 증명할 유일한 존재들이야."

"쟤들은 어떻게 저렇게 작아진 거죠?" 도로시가 물었

다. "저는 저렇게 작은 돼지를 본 적이 없어요."

"저들은 틴티 윈트 섬에서 태어났단다." 마법사가 말했다. "그곳은 작은 섬이기 때문에 모든 것이 작아. 한 선원이 돼지들을 로스앤젤레스로 가져왔고, 난 저들을 얻는 대가로 그에게 서커스 표 아홉 장을 주었지."

"하지만 난 뭘 먹어야 하지?" 새끼 고양이는 도로시 앞에 앉아 그녀의 얼굴을 애처롭게 바라보면서 구슬픈 소리를 냈다. "이곳에는 우유를 줄 젖소가 없어. 또 생쥐도, 심지어 메뚜기도 없어. 내가 새끼 돼지를 먹을 수 없다면, 너는 당장 날 심어 케첩을 기르는 게 나을 거야."

"내게 생각이 있다." 마법사가 말했다. "이 시냇물에는 물고기들이 있어. 생선 좋아하니?"

"생선!" 새끼 고양이가 소리쳤다. "내가 생선을 좋아하냐고? 물론이지, 생선은 새끼 돼지보다 낫고, 심지어 우유보다 더 좋아!"

"그럼 내가 너에게 몇 마리 잡아 줘 볼게." 마법사가 말했다.

"하지만 그것들도 여기 있는 다른 것처럼 식물이 아닐까?" 새끼 고양이가 물었다.

"아닐 거야. 물고기는 동물이 아니야. 그리고 그들은 식물처럼 차고 축축해. 그들이 이 이상한 나라의 물속에 존재할 수 있는 이유가 있을 거야."

그런 다음 마법사는 핀을 구부려 갈고리를 만들고 호주머니에서 긴 줄을 꺼내 낚싯줄을 만들었다. 그가 찾을 수 있는 유일한 미끼는 밝고 붉은 꽃송이였다. 하지만 그는 뭔가 밝은 것이 물고기의 관심을 끌면 물고기를 속이기 쉽다는 것을 알고 있었다. 그래서 그는 꽃송이를 써 보기로 마음먹었다. 가까운 시냇물 속에 낚싯줄을 던지고 얼마 후, 그는 곧 물고기가 물어서 구부러진 핀에 걸렸다는 것을 알려 주는 날카로운 신호를 느꼈다. 그래서 마법사는 줄을 끌어당겼고, 당연히 물고기가 줄에 끌려 나와 안전하게 시냇가에 올려졌다. 그곳에서 물고기는 엄청나게 흥분해서 팔딱거리기 시작했다.

물고기는 살이 통통했고 동그랬다. 비늘은 함께 장식된 아름답게 깎인 보석처럼 빛나고 있었다. 하지만 그것을 자세하게 들여다볼 시간이 없었다. 유레카가 뛰어들어 발톱으로 물고기를 붙잡자, 잠시 후 물고기는 완전히 사라졌다.

"오, 유레카!" 도로시가 소리쳤다. "뼈도 먹은 거야?"

"뼈가 있었다면, 내가 먹었지." 새끼 고양이는 식사 후에 얼굴을 닦으면서 태연하게 대답했다. "하지만 물고기에 뼈가 있었다고 생각하지 않아. 그것들이 내 목구멍을 긁는다고 느끼지 못했으니까."

"너 정말 게걸스러웠어." 도로시가 말했다.

"난 몹시 배가 고팠어." 새끼 고양이가 대답했다.

작은 돼지들은 이 장면을 놀란 눈으로 지켜보면서 떼지어 모여 서 있었다.

"고양이는 무서운 존재야!" 돼지 중 한 마리가 말했다.

"우리가 물고기가 아니어서 다행이야!" 또 다른 돼지가 말했다.

"걱정하지 마." 도로시가 진정시키듯이 중얼거렸다. "고양이가 너희를 해치지 않도록 할게."

그때 도로시는 가방 구석에 기차에서 먹던 점심 식사에서 남긴 크래커가 한두 개 있다는 걸 기억해 냈다. 그래서 마차로 가서 그것들을 가져왔다. 유레카는 그런 음식에는 관심도 보이지 않았지만, 작은 돼지들은 크래커를 보고 기뻐서 소리를 질렀으며 순식간에 모두 먹어 치웠다.

"이제 도시로 돌아가자." 마법사가 제안했다. "짐이 분홍색 풀을 충분히 먹었다면 말이야."

근처에서 풀을 먹고 있던 짐은 한숨을 쉬며 고개를 들었다.

"난 기회가 있을 때 많이 먹으려고 노력했어." 그가 말했다. "이 이상한 나라는 식사 시간 사이가 굉장히 긴 것 같으니까 말이야. 하지만 이제 여러분이 원한다면, 난 언제라도 갈 준비가 되었어."

그래서 마법사는 새끼 돼지들을 안주머니에 넣었다. 돼

지들은 그곳에서 웅크리고 잠이 들었고, 세 마리는 마차 안으로 기어들었다. 짐은 도시로 돌아가기 시작했다.

"우린 어디서 지내죠?" 도로시가 물었다.

"나는 그 주술사의 집을 차지해야 한다고 생각해." 마법사가 대답했다. "왕자가 사람들 앞에서 또 다른 주술사를 딸 때까지 나를 쓰겠다고 말했거든. 그리고 새로운 공주는 우리가 그곳의 주인이 아니라는 걸 모를 거야."

그들은 이 계획에 동의했다. 그들이 거대한 광장에 도착했을 때, 짐은 마차를 둥근 지붕이 있는 홀의 커다란 문으로 끌고 들어갔다.

"집처럼 보이지는 않아요." 도로시가 아무것도 없는 방을 둘러보면서 말했다. "하지만 어쨌든 이곳이 머물 장소야."

"저기 위에 있는 구멍들은 뭐지?" 소년이 둥근 지붕 꼭대기 근처에 있는 구멍들을 가리키며 물었다.

"저것들은 통로처럼 보여." 도로시가 말했다. "단지 저기에 도달할 계단이 없을 뿐이야."

"계단이 필요 없다는 걸 잊어버렸구나." 마법사가 말했다. "올라가서 문들이 어디로 향하는지 보자꾸나."

이 말과 함께 그는 높이 난 구멍들을 향해 공중으로 걸어가기 시작했고, 도로시와 젭은 그를 따라갔다. 공중을 걸어 올라가는 것은 언덕을 걸어 올라갈 때의 경험과 비슷했다. 그래서 구멍들에 도착했을 때 그들은 숨이 찼다. 구멍들은 집 위쪽에 있는 홀들로 통하는 통로 같았다. 이 홀들을 따라가면서 그들은 홀과 연결된 작은 방들을 많이 발견했다. 어떤 방들에는 유리 벤치와 테이블, 의자들이 놓여 있었다. 하지만 침대는 하나도 없었다.

"이 사람들은 잠을 전혀 안 자는 건지 궁금해." 도로시가 말했다.

"음, 이 나라에는 밤이 없는 것 같아." 젭이 대답했다. "저 색채 태양들이 우리가 왔을 때 있던 똑같은 자리에 있어. 만약 석양이 없다면, 밤도 있을 리가 없지."

"매우 맞는 말이야." 마법사가 말했다. "잠을 못 잔 지 너무 오래돼서, 난 피곤하다. 그래서 이 단단한 유리 벤치

에라도 누워 낮잠을 잘 생각이다."

"저도요." 도로시가 말했다. 그리고 홀 맨 끝에 있는 작은 방을 선택했다.

젭은 짐의 마구를 풀어 주러 다시 걸어 내려갔다. 짐은 자유롭게 되자 몇 번 몸을 굴리더니 잠잘 준비를 했다. 유레카가 짐의 크고 듬직한 몸 옆에 편안하게 자리를 잡았다. 그런 다음 소년은 위쪽 방으로 돌아갔다. 유리 벤치는 딱딱했지만, 소년은 곧 꿈나라로 깊게 빠져들었다.

망가부 사람들의 위험성

마법사가 깨어났을 때 여섯 개의 색채 태양은 그가 도착한 이후 계속 그래 왔듯이 망가부 나라에 빛을 비추고 있었다. 마법사는 잘 잤기 때문에, 휴식을 얻고 기력이 회복되었다. 방의 유리 칸막이를 통해 그는 젭이 벤치에 앉아서 하품하는 것을 보았다. 그래서 젭에게 갔다.

"젭," 그가 말했다. "내 열기구는 이 이상한 나라에서는 더 이상 소용이 없다. 열기구는 떨어진 광장에 그대로 내버려두는 게 낫겠어. 하지만 열기구 바구니 속에 내가 꼭 갖고 다니고 싶은 것들이 있어. 네가 가서 내 손가방이랑 등잔 두 개, 그리고 좌석 아래에 있는 등유통을 가져다주면 좋겠다. 그 외에 다른 것은 관심이 없어."

소년은 기꺼이 심부름을 했고, 돌아왔을 때쯤엔 도로시가 깨어 있었다. 세 사람은 회의를 열어 다음에 무엇을 해야 할지 의논했다. 하지만 자신들의 상황을 더 낫게 할 방법을 생각해 낼 수는 없었다.

"나는 이 식물 인간들이 싫어요." 도로시가 말했다. "그들은 예쁘지만, 양배추처럼 차갑고 시들었어요."

"동감이다. 그들 몸속에 따뜻한 피가 없기 때문이야." 마법사가 말했다.

"그리고 그들은 심장이 없어. 그래서 누군가를 사랑할 수 없지. 심지어 자신들조차 말이야." 소년이 단언했다.

"공주는 정말 사랑스러워." 도로시가 생각에 잠겨 말을 계속했다. "하지만 결국 그녀도 그다지 좋지는 않아. 만약 가 볼 만한 다른 장소가 있다면, 거기에 가 보고 싶어."

"하지만 또 다른 장소가 있어?" 마법사가 물었다.

"몰라요." 도로시가 대답했다.

바로 그때 짐이 그들을 부르는 커다란 목소리가 들렸다. 그들은 둥근 지붕으로 통하는 통로로 가서 공주와 그녀의 백성들이 주술사의 집으로 들어오는 것을 보았다.

그들은 아름다운 식물 공주에게 인사하기 위해 내려갔다. 공주는 그들에게 말했다.

"나는 내 신하들과 당신들 육체 인간에 대해 의논했어요. 그리고 우리는 당신들이 망가부 나라에 속하지 않으며, 이곳에 남아 있어서는 안 된다는 결론을 내렸어요."

"우리가 어떻게 갈 수 있을까요?" 도로시가 물었다.

"오, 물론 여러분은 갈 수 없어요. 그러니 없어져야 해요." 돌아온 대답이었다.

"어떤 식으로?" 마법사가 물었다.

"우린 당신 세 사람을 덩굴 정원에 던질 겁니다." 공주가 말했다. "그럼 덩굴들이 당신들 몸을 으깨고 먹어 치워 더 크게 성장할 거예요. 당신들과 함께 있는 동물들은 산으로 몰고 가서 검은 구덩이에 넣을 거예요. 그럼 우리 나라는 불청객들을 모두 제거하게 되지요."

"하지만 당신에겐 주술사가 필요합니다." 마법사가 말했다. "그리고 지금 자라고 있는 자들은 아직 따기에는 충분히 성숙하지 않았어요. 나는 당신 정원에서 자라는 어떤 가시 돋친 주술사보다 더 위대해요. 왜 날 없애려는 거죠?"

"우리에게 주술사가 필요한 것은 사실이에요." 공주가 인정했다. "하지만 우리 주술사 중 하나가 며칠 후면 딸 준비가 된다는 얘기를 들었어요. 심길 때가 되기 전에 당신이 둘로 잘라 버린 귀그를 대신하기 위해서죠. 당신의 기술을 보여 주세요. 또 당신이 행할 수 있는 마술도요. 그런 다음에 당신 일행과 함께 당신을 없앨지 말지 내가 결정하겠어요."

이 말을 듣고 마법사는 사람들에게 절을 하고 아홉 마리 새끼 돼지들을 만들어 냈다가 다시 사라지게 만드는 속임수를 반복했다. 그는 이것을 참으로 솜씨 있게 해냈고, 공주는 다른 식물 인간들과 마찬가지로 진정으로 놀란 듯이 이상한 돼지들을 바라보았다. 하지만 이윽고 그녀가 말했다.

"난 이 놀라운 마법에 대해 들었어요. 하지만 이건 아무런 가치도 없어요. 그 밖에 당신은 뭘 할 수 있죠?"

마법사는 생각해 내려고 애썼다. 그런 다음 그는 칼날들을 합쳐 자신의 코끝에 기술적으로 올려놓았다. 하지만 그것조차도 공주를 만족시키지 못했다.

바로 그때 마법사의 눈길이 젭이 열기구 바구니에서 가져온 등잔과 등유통에 닿았다. 그는 이 평범한 것들에서 기발한 생각을 떠올렸다.

"공주님," 그가 말했다. "이제 저는 당신이 본 적 없는 두 개의 태양을 창조하여 저의 마법을 증명할 것입니다. 그리고 또한 당신의 덩굴식물보다 훨씬 더 무서운 파괴자를 보여 드릴 것입니다."

그는 도로시를 그의 한쪽 옆에, 그리고 소년을 다른 쪽 옆에 서 있게 하고 등잔을 각각 그들의 머리에 올렸다.

"웃지 마라." 그가 아이들에게 속삭였다. "안 그러면 내 마법의 효과를 망쳐 버릴 테니까."

당신의 신하들이 조언을 잘했는지 시험해 봅시다!

그런 다음 마법사는 주름진 얼굴에 매우 위엄 있는 근엄한 표정을 지으며, 성냥갑을 꺼내 두 개의 등잔에 불을 붙였다. 등불이 만든 불꽃은 여섯 개의 색채 태양의 빛에 비하면 매우 작았다. 하지만 등불은 계속해서 그리고 밝게 타올랐다. 망가부 사람들은 태양에서 오지 않는 빛을 본 적이 없었기 때문에 크게 감명을 받았다.

다음으로 마법사가 등유통에서 꺼낸 기름을 유리 바닥에 붓자, 기름은 표면에 넓게 퍼졌다. 마법사가 기름에 불을 붙이자 수많은 불꽃이 피어올랐고, 그 효과는 참으로 대단했다.

"자, 공주님," 마법사가 소리쳤다. "우리를 덩굴 정원에 던지라고 했던 당신의 신하들은 이 빛의 원 안으로 들어가야 합니다. 만약 그들이 당신에게 조언을 잘했고 그들이 옳다면, 그들은 절대로 해를 입지 않을 것입니다. 하지만 만약 누군가 당신에게 잘못 조언했다면, 빛이 그를 시들게 할 것입니다."

공주의 신하들은 이 시험이 내키지 않았다. 하지만 공주가 그들에게 불꽃 안에 들어가도록 명령했기 때문에 그들은 차례로 한 명씩 들어갔다. 그러자 그들은 너무나 심하게 그을려 공기는 곧 구운 감자 같은 냄새로 가득 찼다. 일부 망가부 사람들은 쓰러져 불에서 끌어내야만 했고, 전부 다 시들어 버려 당장 그들을 심어야 했다.

"선생님," 공주가 마법사에게 말했다. "당신은 우리가 알고 있는 어떤 주술사보다 더 위대합니다. 신하들이 내게 잘못 조언한 것이 분명하니, 난 당신들 세 사람을 무서운 덩굴 정원으로 던지지 않을 것이오. 하지만 당신의 동물들은 산속 검은 구덩이에 보내야 하오. 내 신하들은 그들이 주위에 있는 것을 참을 수 없으니까 말이오."

마법사는 두 아이와 자신을 구한 것이 너무 기뻐 이 명령을 거스르는 말을 하지 않았다. 하지만 공주가 떠나자, 짐과 유레카는 검은 구덩이에 가고 싶지 않다고 항의했다. 도로시는 그들을 구하기 위해 할 수 있는 모든 것을 다 하겠다고 약속했다.

이 일이 있은 지 2~3일 동안—시간을 날로 나눌 밤이 없어서 만약 잠과 잠 사이의 기간을 하루로 본다면—우리 친구들은 어떤 식으로든 방해를 받지 않았다. 그들은 주술사의 집을 마치 자신들의 집처럼 평화롭게 사용할 수 있었고, 먹을 것을 찾아 성원을 돌아다닐 수 있었다.

한번은 금지된 덩굴 정원에 가까이 가서 공중으로 높이 걸어 올라가 정원을 매우 흥미롭게 내려다보았다. 그러자 억센 초록색 덩굴들이 모두 함께 뒤엉켜서 거대한 뱀들의 은신처처럼 뒤틀리고 꼬여 있는 것이 보였다. 덩굴이 닿는 것들은 모두 부서졌는데, 일행은 덩굴 사이에 던져지지 않은 것을 진심으로 감사했다.

마법사는 잠을 잘 때마다 아홉 마리의 새끼 돼지들을 호주머니에서 꺼내 방바닥에서 돌아다니게 하고 즐겁게 운동도 하도록 했다. 새끼 돼지들은 유리문이 조금 열린 것을 발견하고, 홀에도 들어가고 둥근 지붕의 바닥 쪽으로 들어가기도 했다. 그들은 유레카처럼 쉽게 공중을 걸어갔다. 이제는 새끼 고양이를 알고 있어서, 그들은 유레카가 짐 옆에 누워 있는 곳으로 뛰어가 고양이와 함께 장난치며 놀았다.

한 번에 절대 오래 자지 않는 짐은 엉덩이를 깔고 앉아 기분 좋게 새끼 돼지들과 고양이를 지켜보았다.

만약 유레카가 살찐 새끼 돼지 한 마리를 앞발로 넘어뜨리면 그는 "너무 거칠게 하지 마!"라고 소리치곤 했다. 하지만 새끼 돼지들은 신경 쓰지 않고 그 놀이를 매우 즐겼다.

문득 그들이 고개를 들어 보자 방 안에 엄격한 표정의 말없는 망가부 사람들이 가득 차 있었다. 식물 인간들은 각각 날카로운 가시로 뒤덮인 가지를 들고 있었으며, 그걸로 짐과 새끼 고양이, 그리고 새끼 돼지들을 향해 공격적으로 찔러 댔다.

"이런 어리석은 짓은 멈춰!" 짐이 화가 나서 으르렁댔다. 하지만 한두 번 찔린 후에, 그는 네발로 일어서서 가시들을 피했다.

망가부 사람들은 그들을 겹겹이 둘러쌌지만, 홀의 출입구로 가는 길은 열어 놓았다. 그래서 동물들은 천천히 물러났고 마침내 방에서 쫓겨나 거리로 나갔다. 거기에는 가시 막대기를 가진 식물 인간이 더 많이 있었고, 그들은 겁먹은 동물들을 말없이 거리 아래로 내몰았다. 짐은 새끼 돼지들을 밟지 않으려고 조심해야 했다. 새끼 돼지들은 짐의 발아래에서 꿀꿀거리고 꽥꽥거리며 뛰어다녔으며, 유레카는 으르렁거리며 자신을 찌르는 가시들을 물어뜯고 예쁜 새끼 돼지들이 해를 입지 않게 보호하려 애썼다. 잔인한 망가부 사람들은 도시와 정원들을 지나 산으로 향하는 넓은 들판에 이를 때까지 느리지만 꾸준하게 그들을 계속 몰아갔다.

"도대체 왜 이러는 거지?" 짐이 가시를 피해 뛰어오르며 물었다.

"제길, 이들은 우리를 검은 구덩이 쪽으로 몰고 있어. 우리를 던지겠다고 위협했던 곳 말이야." 새끼 고양이가 대답했다. "만약 내가 너처럼 몸집이 크다면, 난 이 비열한 식물 뿌리들과 싸울 거야!"

"너라면 어떻게 할 거야?" 짐이 물었다.

"나라면 그 긴 다리와 징 박힌 발굽으로 걷어차 버릴 거야."

"좋아," 짐이 말했다. "그렇게 하겠어."

잠시 후 짐은 갑자기 망가부 군중을 향해 뒤로 돌아섰다. 그리고 최대한 세게 뒷발로 걷어찼다. 약 열 명의 망가부 사람들이 함께 얻어맞아 땅에 쓰러졌다. 성공한 것을 보고 짐은 계속해서 걷어찼고, 식물 군중 속으로 뛰어들어 사방으로 그들을 타격해 다른 사람들은 그의 쇠 발굽을 피하기 위해 흩어졌다. 유레카는 그를 돕기 위해 적들의 얼굴에 날아올라 무섭게 할퀴고 물어뜯었다. 새끼 고양이가 너무나 많은 식물 얼굴을 망가뜨렸기 때문에 망가부 사람들은 짐만큼 유레카를 두려워했다.

 하지만 오랫동안 물리치기에는 적들의 수가 너무 많았

다. 짐과 유레카는 지쳐 버렸고, 전쟁터는 짓이겨지고 망가진 망가부 사람들로 뒤덮였지만, 우리의 동물 친구들은 마침내 포기하고 산으로 쫓겨 갈 수밖에 없었다.

검은 구덩이 속으로 그리고 다시 밖으로

그들이 산에 도착해 보니 그것은 울퉁불퉁 높게 솟은 가파른 초록색 유리 덩어리였고, 극도로 우울하고 소름끼치는 모습이었다. 가파른 절벽 중간에 입을 벌린 동굴이 있었는데, 색채 태양들의 무지갯빛도 그 안에는 닿을 수 없이 빔처럼 검컴했다.

망가부 사람들은 말과 새끼 고양이, 새끼 돼지들을 이 어두운 구멍 속으로 몰았다. 그런 다음 마차를 그들에 이어 밀어 넣었는데, 그들 중 일부가 마차를 둥근 지붕의 홀에서부터 계속 끌고 온 것 같았다. 그들은 죄수들이 다시 밖으로 나올 수 없도록 커다란 유리 바위들을 입구 안쪽에 쌓기 시작했다.

"끔찍하군!" 짐이 신음했다. "이게 우리 모험의 끝이 될 거야."

"만약 마법사가 여기 있다면," 새끼 돼지 중 한 마리가 슬프게 울면서 말했다. "우리가 이렇게 고통받도록 내버려두지 않을 거야."

"우리가 처음 공격받았을 때, 마법사와 도로시를 불렀어야 했어." 유레카가 덧붙였다. "하지만 걱정하지 마. 용기를 가져, 친구들. 내가 가서 우리 주인들에게 우리가 있는 곳을 말하고 구하러 오게 할 테니까."

이제 구멍 입구는 거의 막혔지만, 새끼 고양이는 남아 있는 공간 사이로 뛰어올라 곧장 공중으로 뛰어 올라갔다. 망가부 사람들은 고양이가 도망치는 것을 보고, 몇 명이 가시 막대기를 들고 고양이를 뒤쫓아 공중으로 올라갔다. 하지만 유레카는 망가부 사람들보다 더 가벼웠다. 망가부 사람들이 땅에서 100피트 정도 올라갈 수 있는 반면, 새끼 고양이는 거의 200피트 높이로 갈 수 있다는 것을 알게 되었다. 그래서 유레카는 그들의 머리 위로 달려 그들을 한참 뒤에 떨어뜨린 채 도시의 주술사 집에 도착했다. 거기서 유레카는 둥근 지붕에 있는 도로시 방의 창문으로 들어가 그녀를 잠에서 깨웠다.

도로시는 무슨 일이 일어났는지 알게 되자마자, 마법사와 젭을 깨웠다. 그리고 즉시 짐과 새끼 돼지들을 구하러 갈 준비를 했다. 마법사는 꽤 무거운 손가방을 들었으며, 젭은 두 개의 등잔과 기름통을 들었다. 도로시의 작은 가지로 만든 가방은 아직 마차 좌석 아래에 있었다. 운 좋게도 젭이 짐을 누워 쉬게 하려고 마구를 벗겨 냈을 때, 마차 안에 마구를 넣어 두었었다. 그래서 새끼 고양이 외엔 도로시가 들고 갈 것이 없었다. 도로시는 유레카를 품에 꼭 안고 달래려 애썼다. 고양이의 작은 가슴이 아직도 빠르게 뛰고 있었기 때문이었다.

그들이 주술사의 집을 떠나자마자, 망가부 사람 몇몇이 그들을 발견했다. 하지만 그들이 산을 향해 출발했을 때, 식물 인간들은 그들이 가는 것을 방해하지 않았다. 그렇지만 그들이 다시 돌아올 수 없도록 떼 지어 그들을 뒤따랐다.

오래지 않아 그들은 검은 구덩이에 가까워졌다. 그곳에서 공주가 이끄는 망가부 사람들 무리가 입구 앞에서 유리 바위들을 쌓고 있었다.

"멈추시오, 명령이오!" 마법사가 화난 어조로 소리쳤다. 그리고 즉시 짐과 새끼 돼지들을 풀어 주기 위해 바위들을 끌어내리기 시작했다. 이 상황에 식물 인간들은 그에게 맞서는 대신 그가 장벽에 충분한 구멍을 만들 때까지 조용히 뒤에 물러서 있었다. 그러다 공주의 명령에 따라, 그들은 모두 앞으로 튀어 올라 날카로운 가시로 찔러 댔다.

도로시는 찔리지 않기 위해서 구멍 안으로 뛰어들었고, 젭과 마법사는 가시에 몇 번 찔린 후에 기꺼이 도로시를 뒤따랐다. 그 즉시 망가부 사람들은 유리 바위들을 다시 쌓기 시작했다. 마법사는 자신들이 모두 산속에 매장될 거라는 걸 깨닫고는, 아이들에게 말했다.

"얘들아, 어떻게 하지? 뛰어나가 싸울까?"

"무슨 소용이 있겠어요?" 도로시가 대답했다. "저 잔인하고 무정한 사람들 사이에서 더 오래 사느니 차라리 여기서 빨리 죽겠어요."

"저도 그렇게 생각해요." 젭이 상처를 문지르면서 말했다. "망가부 사람들에게 질렸어요."

"좋아." 마법사가 말했다. "너희들이 어떻게 결정하든 난 너희와 함께하겠다. 하지만 우리는 이 구멍 안에서 오래 살 순 없어. 그건 분명해."

빛이 희미해지는 것을 알아채고서 그는 아홉 마리 새끼 돼지를 집어 올려 한 마리씩 작은 머리를 사랑스럽게 쓰다듬었다. 그리고 그들을 조심스럽게 안주머니에 넣었다.

젭은 성냥을 켜서 등잔 하나에 불을 붙였다. 이제 색채 태양들의 빛은 그들로부터 영원히 사라졌다. 망가부 나라와 그들의 감옥을 나누는 벽의 마지막 틈이 채워졌기 때문이었다.

무서울 것 없어!

"이 구멍은 얼마나 크지?" 도로시가 물었다.

"탐험해서 알아봐야겠어." 소년이 대답했다.

그는 등잔을 들고 상당히 멀리까지 뒤쪽으로 갔다. 그동안 도로시와 마법사는 젭의 옆에서 따라갔다. 동굴은 그들이 예상했던 것과 달리 끝이 나지 않았다. 대신 거대한 유리 산을 따라 위쪽으로 기울어져 있어, 그 방향을 따라가면 망가부 나라 반대편으로 갈 수 있을 것 같았다.

"이건 나쁜 길이 아니야." 마법사가 말했다. "만약 이 길을 따라간다면, 우리가 지금 있는 이 검은 구덩이보다 더 편안한 어떤 곳으로 안내될지도 몰라. 나는 식물 인간들이 항상 이 동굴로 들어오는 것을 두려워했다고 생각해. 동굴이 어두웠으니까. 하지만 우리에겐 길을 밝혀 줄 등잔이 있지. 이곳을 떠나 산속의 이 터널이 어디로 이어지는지 보는 게 좋겠어."

다른 일행들도 이 합리적인 제안에 즉시 동의했고, 소년은 곧 짐을 마차의 마구에 매기 시작했다. 모든 준비가 끝났을 때 세 사람은 마차 좌석에 자리 잡았고, 짐은 조심스럽게 길을 따라 출발했다. 젭은 마부석에 앉았고, 마법사와 도로시는 각각 불을 밝힌 등잔을 들고 말이 가는 길을 비추었다.

터널이 너무 좁아져서 마차 바퀴가 옆면을 스칠 때도 있었다. 그러다가도 터널은 대로처럼 넓게 펼쳐졌다. 바닥은 보통 매끄러워서, 그들은 오랫동안 아무런 사고도 없이 여행을 계속했다. 짐은 때때로 쉬기 위해서 멈췄다. 오르막이 상당히 가팔라서 피곤했기 때문이었다.

"이 정도면 우린 거의 여섯 개의 색채 태양만큼 높이 있을 거야." 도로시가 말했다. "난 이 산이 이렇게 높은지 몰랐어."

"우린 망가부 나라에서 멀리 떨어져 있는 게 분명해." 젭이 덧붙였다. "출발한 이후로 계속 망가부 나라에서 경사진 길을 가로질러 왔으니까 말이야."

그들은 계속해서 이동했고, 짐이 오랜 여행으로 기진맥진해질 무렵 갑자기 길이 밝아졌다. 젭은 기름을 아끼려고 등잔을 껐다.

그들은 지금 그들을 맞이하는 것이 하얀빛이라는 걸 알고 크게 기뻐했다. 끊임없이 변하는 빛으로 눈을 아프게 했던 무지갯빛들이 모두에게 지긋지긋했기 때문이었다. 터널의 측면은 긴 소형 망원경의 내부처럼 보였다. 그리고 바닥은 더 평평해졌다. 어두운 통로에서 벗어났다는 확신이 들자 짐은 느린 발걸음을 서둘렀다. 잠시 후에 그들은 산에서 벗어나 새로운 매력적인 나라를 마주하게 되었다.

목소리의 계곡

 유리 산을 통과한 후, 일행은 거대한 컵의 움푹 들어간 곳처럼 생긴 매우 기분 좋은 계곡에 도착했다. 계곡 반대편에는 또 다른 울퉁불퉁한 산이 보였고, 계곡 끝에는 부드럽고 예쁜 초록색 언덕들이 있었다. 계곡에는 사랑스러운 잔디와 정원들이 펼쳐져 있었으며, 자갈길들이 그들 사이로 이어지며, 아름답고 장엄한 나무숲들이 이곳저곳에 경관을 이루고 있었다. 또한 우리 세상에는 알려지지 않은 감미로운 과일들이 열린 과수원들도 있었다. 투명하고 맑은 유혹적인 시냇물이 꽃잎이 흩뿌려진 강둑 사이로 반짝이며 흘러갔으며, 일행이 지금껏 본 것 중 가장 매력적이고 아름다운 집들이 계곡에 흩어져 있었다. 그 집들은 마을이나 도시처럼 무리 지어 있지 않았고, 각각의 집이 넓은 땅을 지니고 있었으며 과수원과 정원이 집을 둘러싸고 있었다.

 갓 도착한 일행이 이 훌륭한 광경을 바라보았을 때, 그들은 그 아름다움과 부드러운 공기 속에 스민 향기에 도취했다. 일행은 밀폐된 터널을 지나온 터라 이 부드러운 공기를 너무나 감사하게 들이마셨다. 할 말을 잊고 감탄하며 몇 분을 보낸 후에야, 그들은 이 계곡에 관한 매우 독특하고 이상한 두 가지 사실을 눈치챘다. 한 가지는 이곳은 어떤 보이지 않는 곳에서 빛이 나온다는 것이었다. 모든 물체가 깨끗하고 완벽한 빛으로 가득했지만, 둥근 파란 하늘에는 태양이나 달이 없었다. 둘째로 더 독특한 사실은 이 아름다운 곳에 사람이 없다는 것이었다. 일행은 높은 위치에서 계곡 전체를 조망할 수 있었지만, 움직이는 물체는 단 하나도 볼 수 없었다. 모든 것이 이해할 수 없게 한적해 보였다.

 이쪽 편에 있는 산은 유리가 아니라 화강암과 유사한 돌로 만들어져 있었다. 좀 어렵고 위험했지만 짐은 완만한 바위 위로 마차를 끌어 길과 과수원과 정원 들이 시작되는 초록색 잔디에 이르렀다. 가장 가까운 집도 여전히 멀리 떨어져 있었다.

 "멋지지 않아?" 도로시는 기쁨에 찬 목소리로 외쳤다. 그녀는 마차에서 뛰어나가 유레카를 부드러운 잔디 위에서 뛰놀게 했다.

"정말, 멋져!" 젭이 대답했다. "저 무서운 식물 인간들에게서 벗어나서 정말 운이 좋았어."

"그렇게 나쁠 것 같진 않다." 마법사가 주위를 둘러보면서 말했다. "우리가 계속 여기에 살아야 한다고 하더라도 말이야. 더 예쁜 곳을 찾을 순 없을 거야."

그는 호주머니에서 새끼 돼지들을 꺼내 풀밭 위로 다니게 했다. 짐은 녹색 풀들을 한입 가득 맛보며, 새로운 환경이 매우 만족스럽다고 말했다.

"그렇지만 여기서는 공중을 걸어 다닐 순 없어." 공중을 걸어 보려고 시도했다가 실패한 유레카가 소리쳤다. 하지만 다른 일행은 땅 위를 걷는 데 만족했고, 마법사는 그들이 망가부 나라에 있을 때보다 지상에 더 가까이 있는 것이 틀림없다고 말했다. 모든 것이 더 편안하고 자연스러웠기 때문이다.

"그런데 사람들은 어디 있지?" 도로시가 물었다.

마법사는 고개를 지었다.

"알 수가 없구나." 그가 대답했다.

그때 갑자기 새가 지저귀는 소리가 들렸다. 하지만 어디에서도 새를 찾을 수는 없었다. 그들은 가장 가까운 오두막집을 향해 길을 따라 천천히 걸었다. 새끼 돼지들은 그들 옆에서 달리고 뛰놀았으며, 짐은 걸음을 옮길 때마다 풀을 또 한입 뜯으려 멈추었다.

그들은 곧 넓게 퍼진 잎을 지닌 키 작은 나무에 이르렀는데, 나무 중앙에는 복숭아 정도 크기의 과일 하나가 자라고 있었다. 그 열매는 매우 고상한 색깔이었고 향기로웠으며, 너무나 맛있게 보여서 도로시는 멈춰 서서 소리쳤다.

"이게 뭐라고 생각해요?"

새끼 돼지들은 재빨리 과일의 냄새를 맡았다. 그리고 도로시가 과일을 따려고 손을 뻗치기 전에 아홉 마리 돼지들이 모두 달려들어 격렬하게 그것을 먹어 치우기 시작했다.

"어쨌든 맛있는 과일이야," 젭이 말했다. "그렇지 않으면 저 작은 악당들이 저걸 저렇게 탐욕스럽게 먹어 치우진 않았을 거야."

"돼지들이 어디 있지?" 도로시가 놀라서 물었다.

그들 모두 주위를 둘러보았지만, 새끼 돼지들은 사라지고 없었다.

"아이고 이런!" 마법사가 소리쳤다. "도망친 게 틀림없어. 하지만 가는 걸 보지 못했는데, 그렇지 않아?"

"못 봤어요!" 젭과 도로시가 함께 대답했다.

"이리 온, 꿀꿀아, 꿀꿀아, 꿀꿀아!" 새끼 돼지 주인이 걱정스럽게 불렀다.

즉시 그의 발 앞에서 꿀꿀거리는 소리와 꽥꽥거리는 소

리가 들렸다. 하지만 마법사는 새끼 돼지를 한 마리도 발견할 수 없었다.

"너희들 어디 있니?" 그가 물었다.

"주인님 바로 옆에요." 작은 목소리가 말했다. "우리가 안 보여요?"

"안 보여." 마법사가 당황스러운 어조로 대답했다.

"우린 당신을 볼 수 있어요." 또 다른 새끼 돼지가 말했다.

마법사는 몸을 굽히고 손을 내밀었다. 그리고 곧 자신의 새끼 돼지 중 한 마리의 작고 살찐 몸을 느낄 수 있었다. 그는 그놈을 집어 올렸지만, 볼 수는 없었다.

"정말 이상하군," 그가 침착하게 말했다. "새끼 돼지들이 어떤 알 수 없는 이유로 보이지 않게 되었어."

"저 복숭아를 먹었기 때문일 거야!" 새끼 고양이가 소리쳤다.

"그건 복숭아가 아니었어, 유레카." 도로시가 말했다. "난 그게 독이 아니었기를 바라."

"그건 맛있었어, 도로시." 새끼 돼지 중 한 마리가 소리쳤다.

"찾을 수만 있으면 모두 먹을 거예요." 또 다른 새끼 돼지가 말했다.

"하지만 우린 그것들을 먹어선 안 돼." 마법사가 아이들에게 경고했다. "그러지 않으면 우리도 보이지 않게 돼서 서로를 잃어버리게 될 거야. 만약 우리가 또 그 이상한 과일을 만나게 되면, 피해야 해."

그는 새끼 돼지들을 불러 한 마리씩 들어 올려 호주머니에 집어넣었다. 비록 그들을 볼 수는 없었지만, 느낄 수는 있었기 때문이다. 그리고 그가 외투 단추를 채웠을 때, 그는 그들이 지금은 안전하다는 걸 알았다.

일행은 이제 오두막집을 향해 다시 걷기 시작했다. 그들은 곧 그 집에 도착했다. 넓은 현관 위로 덩굴식물이 무성하게 자라고 있는 예쁜 집이었다. 문은 열려 있었고, 앞 방에는 식탁이 놓여 있었는데, 의자 네 개가 식탁 쪽으로 당겨져 있었다. 식탁 위에는 접시, 칼과 포크, 그리고 빵 접시, 고기와 과일들이 놓여 있었다. 고기에서는 뜨거운 김이 나고 있었고, 칼과 포크는 이상한 장난을 치면서 매우 당황스럽게 이리저리 뛰어다니고 있었다. 하지만 방 안에는 사람이 보이지 않았다.

"정말 신기해!" 이제 젭과 마법사와 함께 현관에 서 있는 도로시가 소리쳤다.

즐거운 웃음소리가 그녀에게 응답했다. 그리고 칼과 포크가 덜커덕 소리를 내며 접시에 놓였다. 의자 하나가 테이블 뒤로 밀렸는데, 이것이 너무나 놀랍고 이상해서 도로시는 공포에 질려 도망칠 뻔했다.

물건들이 저절로 움직여!

"낯선 사람들이 왔어요, 엄마!" 어떤 보이지 않는 사람의 날카롭고 어린 목소리가 소리쳤다.

"그런 것 같구나." 부드럽고 여성적인 또 다른 목소리가 대답했다.

"뭘 원하죠?" 엄중하고 거친 억양을 지닌 세 번째 목소리가 물었다.

"네, 네!" 마법사가 말했다. "이 방 안에 정말 사람들이 있나요?"

"물론이죠." 남자의 목소리가 대답했다.

"그런데 어리석은 질문을 용서해 주세요. 당신들은 모두 보이지 않나요?"

"맞아요." 여자가 나지막하고 잔잔한 웃음소리를 내면서 대답했다. "당신은 보우 사람들을 볼 수 없어서 놀랐나요?"

"아, 그렇습니다." 마법사가 더듬거렸다. "제가 전에 만났던 사람들은 모두 분명히 볼 수 있었지요."

"그럼 당신들은 어디에서 온 거죠?" 여자가 호기심 어린 어조로 물었다.

"우리는 지상에서 왔어요." 마법사가 설명했다. "하지만 최근에 지진으로 갈라진 틈으로 떨어져 망가부 나라에 착륙했지요."

"무서운 종족들!" 여자의 목소리가 소리쳤다. "그들에 대해 들었어요."

"그들은 우리를 산속에 가두었어요." 마법사가 계속 말했다. "하지만 우린 이쪽으로 통하는 터널이 있는 걸 발견했고, 그래서 이곳에 왔습니다. 이곳은 아름다운 곳입니다. 이곳을 뭐라고 부르나요?"

"이곳은 보우 계곡입니다."

"감사합니다. 도착한 이후로 사람들을 보지 못했어요. 그래서 길을 물어보려고 이 집에 왔습니다."

"배가 고픈가요?" 여자의 목소리가 물었다.

"전 뭐든 먹을 수 있어요." 도로시가 말했다.

"저도요." 젭이 덧붙였다.

"하지만 방해하고 싶지는 않습니다." 마법사가 서둘러 말했다.

"괜찮아요." 남자의 목소리가 전보다 더 기분 좋게 대답했다. "우리가 가진 것을 함께 먹어도 좋아요."

그가 말했을 때 목소리가 젭에게 너무 가까이 다가와서 젭은 놀라 뒤로 물러났다. 이 행동을 보고 두 어린아이의 목소리가 즐겁게 웃었다. 도로시는 비록 그 사람들을 볼 수 없었지만, 이런 명랑한 사람들과 함께 있는 것은 위험하지 않다고 확신했다.

"내 잔디에서 풀을 먹고 있는 저 이상한 동물은 뭐죠?" 남자의 목소리가 물었다.

"저건 짐이에요." 도로시가 말했다. "말이라는 짐승이죠."

"그는 무엇에 도움이 되죠?" 이어지는 질문이었다.

"그에게 매여 있는 마차를 끌어요. 그리고 우린 걷는 대신 마차를 타고 가지요." 도로시가 설명했다.

"그는 싸울 수 있나요?" 남자의 목소리가 물었다.

"아뇨! 그는 발꿈치로 매우 세게 찰 수 있고, 조금 물 수도 있어요. 하지만 짐은 싸움을 할 수는 없어요." 도로시가 대답했다.

"그럼 곰들이 그를 잡아먹을 거야." 어린아이의 목소리 중 하나가 말했다.

"곰이라고!" 도로시가 소리쳤다. "이곳에 곰이 있어요?"

"그게 우리 나라의 유일한 악이죠." 보이지 않는 남자가 대답했다. "보우 계곡에는 크고 무서운 곰들이 여럿 돌아다녀요. 우리 중 누구라도 잡게 되면, 우리를 먹어 치우죠. 하지만 곰들은 우릴 볼 수 없으니까, 우린 잘 잡히지 않아요."

"곰들도 보이지 않나요?" 도로시가 물었다.

"맞아요. 그들도 우리처럼 다마 과일을 먹으니까요. 그래서 인간이든 동물이든 어떤 눈으로도 그들을 볼 수는 없어요."

"그 다마 과일이 키 작은 나무에서 자라고 복숭아처럼

생겼나요?" 마법사가 물었다.

"맞아요." 돌아온 대답이었다.

"만약 그것이 당신을 보이지 않게 만든다면, 왜 그걸 먹죠?" 도로시가 물었다.

"두 가지 이유 때문이란다, 애야." 여자의 목소리가 대답했다. "다마 과일은 가장 맛있는 과일이란다. 그리고 그것이 우릴 보이지 않게 만들어 주니, 곰들도 우릴 찾아서 잡아먹을 수가 없단다. 이제 여러분 식사가 테이블 위에 있으니, 앉아서 원하는 만큼 많이 드세요."

보이지 않는 곰들과 싸우다

일행은 기꺼이 식탁에 앉았다. 모두 배가 고팠고 좋은 음식이 담긴 접시들이 쌓여 있었기 때문이다. 각자의 자리 앞에는 맛있는 다마 과일을 담은 접시가 있었고, 이 과일들에서 나오는 향기가 너무나 매혹적이고 달콤해서 그들은 과일을 먹고 보이지 않게 되고 싶은 유혹에 사로잡혔다.

하지만 도로시는 다른 것들로 허기를 채웠고, 다른 친구들도 유혹을 이겨 내고 똑같이 했다.

"왜 다마를 먹지 않죠?" 여자의 목소리가 물었다.

"우린 보이지 않게 되는 걸 원치 않아요." 도로시가 대답했다.

"하지만 만약 보이는 채로 남아 있으면, 곰들이 여러분을 보고 잡아먹을 거예요." 아이 중 한 명인 소녀의 어린 목소리가 말했다. "여기 사는 우리는 보이지 않게 되는 걸 더 좋아해요. 우린 여전히 서로 껴안고 키스할 수 있으면서 곰들로부터도 안전하니까요."

"그리고 우린 옷에 특별히 신경 쓸 필요가 없지." 남자가 말했다.

"그리고 엄마는 내 얼굴이 더러운지 그렇지 않은지 알 수 없어요!" 다른 어린아이의 목소리가 기뻐하며 덧붙였다.

"하지만 나는 생각날 때마다 씻게 하지." 엄마가 말했다. "내가 볼 수 있든 없든, 이아누, 네 얼굴이 더러운 건 당연하니까 말이다."

도로시는 웃으며 손을 뻗쳤다.

"가까이 와 줘, 이아누와 누이야, 너희들을 만져 볼 수 있게 해 줘." 도로시가 부탁했다.

그들은 기꺼이 그녀에게 왔고, 도로시는 그들의 얼굴과 몸을 손으로 어루만지며 한 명은 그녀와 비슷한 또래의 소녀이고 다른 남자아이는 약간 더 어리다고 생각했다. 소녀의 머리칼은 부드럽고 폭신폭신했으며, 그녀의 피부는 공단처럼 매끄러웠다. 도로시는 그녀의 코와 귀와 입술을 부드럽게 만져 보고는 매우 섬세하고 예쁘게 생긴 것 같다고 생각했다.

"너를 볼 수 있다면, 네가 아름다울 거라고 확신해." 도로시가 단언했다.

소녀는 웃었고, 그녀의 엄마가 말했다.

"보우 계곡에 사는 우리는 허영심이 강하지 않아요. 우리의 아름다움을 드러낼 수 없으니까요. 선한 행동과 상냥한 태도가 친구들에게 우리를 사랑스럽게 만드는 것이지요. 하지만 우리는 자연의 아름다움을 감상할 수 있어요. 우아한 꽃과 나무, 초록색 들판과 하늘의 맑고 푸른빛 같은 것들이죠."

"새나 짐승, 물고기는 어때요?" 젭이 물었다.

"새들은 볼 수 없어요. 새들은 우리만큼이나 다마 먹는 걸 좋아하니까. 그렇지만 우린 그들의 달콤한 노래를 듣고 즐기지요. 우린 잔인한 곰들도 볼 수 없어요. 그들도 그 과일을 먹으니까. 하지만 시냇물에서 헤엄치는 물고기들은 볼 수 있어요. 그리고 우리는 종종 그것들을 잡아먹지요."

"보이지는 않지만, 당신들을 행복하게 만드는 것들을 많이 갖고 있다는 생각이 드네요." 마법사가 말했다. "그래도 우리는 이 계곡에 있는 동안 보이는 상태로 남아 있는 것이 더 좋습니다."

바로 그때 유레카가 들어왔다. 유레카는 지금까지 짐과 함께 밖에서 돌아다니고 있었다. 새끼 고양이는 음식이 놓인 식탁을 보자 소리쳤다.

"도로시, 나에게 먹을 걸 줘야 해. 난 지금 배고파 죽을 지경이니까."

아이들은 작은 동물의 모습을 보고 크게 두려워하는 것 같았다. 고양이가 그들에게 곰을 떠올리게 했기 때문이었다. 하지만 도로시는 유레카가 반려동물이며, 하고 싶어도 해를 끼칠 수 없다고 그들을 안심시켰다. 그때쯤에는 다른 일행이 식탁에서 물러났기 때문에, 새끼 고양이는 의자 위로 뛰어 올라가 먹을 게 뭐가 있는지 보려고 식탁보 위에 앞발을 올려놓았다. 그때 놀랍게도 보이지 않는 손이 유레카를 붙잡아 공중으로 쳐들었다. 유레카는 두려움에 크게 당황해서 할퀴고 물려고 했다. 다음 순간 유레카는 바닥에 떨어졌다.

"그거 봤어, 도로시?" 유레카가 숨을 헐떡였다.

"그래." 도로시가 대답했다. "우리에게 보이지는 않지만, 이 집에 살고 있는 사람들이 있어. 그리고 유레카, 넌 좀 더 좋은 태도를 보여야 해. 그러지 않으면 더 나쁜 일이 너에게 일어날 거야."

도로시는 바닥에 음식 접시를 놓았고, 새끼 고양이는 게걸스럽게 먹었다.

"식탁에 보이는 저 맛있는 냄새가 나는 과일을 줘." 접시를 깨끗이 비운 유레카가 간청했다.

"저건 다마야." 도로시가 말했다. "유레카, 넌 저걸 맛도 보아서는 안 돼. 안 그러면 넌 보이지 않게 될 거고, 그럼 우린 널 전혀 볼 수 없게 돼."

새끼 고양이는 동경하듯이 금지된 과일을 바라보았다.

"보이지 않게 되면 아플까?" 유레카가 물었다.

"몰라." 도로시가 대답했다. "하지만 널 잃게 되면, 내가 무척 아플 거야."

"알겠어, 건드리지 않을게." 새끼 고양이가 결심했다. "하지만 그걸 나에게서 멀리 치워야 해. 냄새가 매우 유혹적이니까 말이야."

"말씀 좀 해 주세요, 선생님 혹은 부인." 마법사가 공중을 향해 말을 걸었다. 보이지 않는 사람들이 어디 있는지 몰랐기 때문이었다. "우리가 당신들의 아름다운 계곡에서 땅 위로 다시 나갈 수 있는 길이 있는지 말이죠."

"오, 이 계곡은 쉽게 떠날 수 있어요." 남자의 목소리가 대답했다. "하지만 그렇게 하려면 당신들은 훨씬 덜 유쾌한 나라로 들어가야 합니다. 땅 위에 도착하는 것에 대해서는 그것이 가능하다고 들은 적이 없어요. 그곳에 도착하는 데 성공하더라도, 당신들은 아마 다시 떨어질 겁니다."

"오, 아니에요." 도로시가 말했다. "우린 그곳에 있었어요. 그래서 알아요."

"보우 계곡은 분명 매력적인 곳이에요." 마법사가 다시 말을 시작했다. "하지만 우린 우리의 나라가 아닌 다른 나라에서 오랫동안 만족할 수가 없어요. 우리가 가는 길에 불쾌한 곳들에 이르더라도, 지상에 도착하기 위해선 그곳을 향해 계속 움직여야 합니다."

"그렇다면" 남자가 말했다. "여러분은 우리 계곡을 가로질러 피라미드 산 안쪽에 있는 나선형 계단을 올라가는 게 최선입니다. 그 산의 꼭대기는 구름 속에 가려져 있는데, 그곳에 도착하면 여러분은 가고일들이 사는 무서운 놋 나라에 있게 될 겁니다."

"가고일이 뭐죠?" 젭이 물었다.

"잘 몰라요, 젊은이. 우리의 위대한 투사 초인 아누가 한번 나선형 계단을 올라가 9일 동안 가고일들과 싸우다가 도망쳐 돌아왔지요. 하지만 그는 그 두려운 존재들을 설명할 기회가 없었어요. 그 후로 곧 곰이 그를 붙잡아 먹어 버렸기 때문이지요."

일행은 이 우울한 얘기를 듣고 상당히 낙담했지만, 도로시가 한숨을 쉬며 말했다.

"집으로 돌아가는 유일한 방법이 가고일들을 만나는 거라면, 우린 그들을 만나야 해요. 그들이 사악한 마녀나 놈 왕보다 더 나쁠 리가 없어요."

"하지만 그때는 적들을 정복하도록 도와준 허수아비와 양철 나무꾼이 있었다는 걸 기억해야 해." 마법사가 말했다. "지금은 일행 중에 전사가 한 명도 없어."

"오, 상황이 닥치면, 젭이 싸울 수 있다고 생각해요. 그렇지, 젭?" 도로시가 물었다.

"아마도. 꼭 싸워야 한다면." 젭이 애매하게 대답했다.

"그리고 아저씨는 식물 주술사를 둘로 갈랐던 합쳐진 칼이 있잖아요." 도로시가 마법사에게 말했다.

"맞아." 그가 대답했다. "그리고 내 손가방에는 싸울 수 있는 다른 유용한 것들이 있지."

"가고일들이 가장 두려워하는 건 소음이야." 남자의 목소리가 말했다. "우리의 투사가 내게 말했는데, 그가 함성을 질렀을 때 가고일들이 몸을 떨며 뒤로 물러섰대. 계속 싸우는 걸 주저하면서 말이야. 하지만 그들은 숫자가 많았고, 투사는 함성을 계속 지를 수 없었지. 싸우기 위해선 숨을 아껴야 했으니까."

"아주 좋아." 마법사가 말했다. "우리는 싸우는 것보다는 고함을 더 잘 칠 수 있어. 그렇게 가고일들을 물리쳐야 해."

"하지만 말해 주세요." 도로시가 말했다. "어떻게 그렇게 용감한 투사가 곰들에게 잡아먹혔죠? 그리고 만약 그가 보이지 않고 곰들도 보이지 않는다면, 곰들이 그를 잡아먹었는지 누가 알겠어요?"

"투사는 생전에 열 마리의 곰을 죽였어요." 보이지 않는 남자가 응답했다. "우리는 이게 사실인 걸 알아요. 어떤 생명체가 죽으면, 다마 과일의 보이지 않게 하는 마법이 사라져요. 그래서 죽은 생명체를 모두가 분명하게 볼 수 있지요. 투사가 곰 한 마리를 죽였을 때, 모두가 그 곰을 볼 수 있었어요. 그리고 곰들이 투사를 죽였을 때, 우리는 모두 그의 시체가 여러 조각으로 찢겨 흩어진 것을 보았어요. 그것도 곰들이 먹어 치웠을 때는 다시 사라졌지만요."

이제 일행은 그 집의 친절하지만 보이지 않는 사람들에게 작별 인사를 했다. 그리고 남자가 계곡의 반대편에 있는 높은 피라미드 모양의 산을 일행에게 상기시키며, 거기에 도착하기 위해 어떻게 여행해야 하는지 알려 주었다. 그 후 일행은 다시 여행을 시작했다.

그들은 넓은 시냇물을 따라갔고, 예쁜 오두막집을 몇 개 더 지나갔다. 하지만 물론 그들은 아무도 보지 못했고, 그들에게 말을 거는 사람도 없었다. 과일과 꽃이 여기저기 풍성하게 자라고 있었고, 보우 사람들이 좋아하는 맛있는 다마 열매도 많이 있었다.

정오쯤 그들은 예쁜 과수원 그늘에서 멈추고 짐이 휴식을 취할 수 있도록 했다. 그리고 그곳에서 자라는 체리와 자두를 따 먹고 있었는데, 갑자기 어떤 부드러운 목소리가 그들에게 말했다.

"가까이에 곰들이 있어요. 조심해요!"

마법사는 당장 칼을 꺼냈고, 젭은 말채찍을 움켜쥐었

다. 도로시는 마차 안으로 얼른 올라탔다. 하지만 짐은 마구에서 풀려나 약간 떨어진 곳에서 풀을 뜯어 먹고 있었다.

보이지 않는 목소리의 주인은 가볍게 웃으면서 말했다.
"그런 식으로 곰을 피할 순 없어요."
"그럼 어떻게 피할 수 있죠?" 도로시가 초조하게 물었다. 보이지 않는 위험을 맞서는 것이 항상 가장 힘들기 때문이다.
"강으로 가야 해요." 돌아온 대답이었다. "곰들은 감히 물까지 들어오진 않을 거예요."
"하지만 우리가 물에 빠져 죽을 텐데요!" 도로시가 소리쳤다.
"오, 그럴 염려는 없어요." 목소리가 말했다. 부드러운 어조로 보아 그 목소리의 주인은 소녀 같았다. "당신들은 보우 계곡에 처음 온 사람들이라 우리 방식을 잘 모르는 것 같으니까, 내가 당신들을 구해 줄게요."
다음 순간 넓은 잎을 가진 식물이 자라고 있던 땅에서 뽑혀 마법사 앞에서 공중에 매달렸다.
"선생님," 목소리가 말했다. "당신은 이 나무의 잎을 여러분 모두의 신발 밑창에 대고 문질러야 해요. 그럼 물밑으로 가라앉지 않고 물 위를 걸을 수 있을 거예요. 이건 곰들은 모르는 비밀이에요. 우리 보우 사람들은 여행할 때

보통 물 위로 걸어 다녀요. 그렇게 적을 피할 수 있지요."

"고마워!" 마법사는 기쁘게 소리쳤다. 그리고 당장 나뭇잎 하나를 도로시의 신발 밑창, 다음에는 자신의 신발 밑창에 대고 문질렀다. 그리고 나머지 잎들은 젭에게 넘겼는데, 젭은 자신의 발에 문지른 후에 조심스럽게 짐의 발굽 네 개에도 문질렀고, 다음에는 마차 바퀴들의 타이어에도 문질렀다. 그가 이 마지막 일을 거의 끝마쳤을 때, 갑자기 나지막한 으르렁거리는 소리가 들렸고 그러자 짐은 펄쩍 뛰어올라 발뒤꿈치로 미친 듯이 차기 시작했다.

"빨리, 강물로! 안 그러면 당신들은 끝장이에요." 보이지 않는 친구가 소리쳤다. 그러자 마법사는 주저 없이 마차를 둑 아래로 끌고 내려가 넓은 강물 위로 뛰어들었다. 도로시가 아직 유레카를 품고 마차 안에 앉아 있었기 때문이었다. 그들은 이상한 식물 덕분에 전혀 물에 빠지지 않았다. 마차가 물 한가운데 닿자 마법사는 젭과 짐을 돕기 위해 둑으로 돌아왔다.

말은 미친 듯이 내달리고 있었고, 옆구리에는 두세 개의 깊은 상처가 나타났다. 그리고 그 상처에서 피가 마구 흘러나왔다.

"강을 향해 달려!" 마법사가 외쳤다. 짐은 몇 번 격렬한 발길질을 해서 보이지 않는 채 괴롭히는 것들로부터 빠져나와 그의 말을 따랐다. 강물 위로 달려가자마자, 짐은 추

강으로!

격에서 안전하다는 걸 알았다. 젭은 이미 강물을 가로질러 도로시를 향해 달리고 있었다.

키 작은 마법사가 그들을 뒤따르려고 몸을 돌렸을 때, 그의 뺨에 뜨거운 숨결이 느껴졌고 낮고 무서운 으르렁 소리가 들렸다. 그는 당장 칼을 허공에 대고 찌르기 시작했다. 그리고 그는 자신이 어떤 물질을 찔렀다는 걸 알았다. 칼날을 뺐을 때 칼날에 피가 떨어지고 있었기 때문이었다. 그가 무기를 세 번째 찔러 넣었을 때, 커다란 울부짖음이 나고 뭔가가 쓰러졌다. 갑자기 그의 발 앞에 커다란 붉은 곰의 모습이 나타났다. 그것은 거의 말만큼이나 컸지만, 훨씬 더 힘이 세고 사나웠다. 그 짐승이 칼에 찔려 완전히 죽었는데도, 곰의 무서운 발톱과 날카로운 이빨을 본 작은 마법사는 공포에 질려 강물로 내달렸다. 또 다른 위협적인 으르렁대는 소리가 들려와 다른 곰들이 가까이 있음을 알려 주었기 때문이다.

그러나 강물 위의 일행은 완전히 안전해 보였다. 도로시와 마차는 강물의 흐름을 따라 천천히 아래로 떠내려갔다. 그리고 다른 일행은 서둘러 도로시와 합류했다. 마법사는 손가방을 열어 반창고를 꺼내서 짐이 곰들의 발톱에 당한 상처를 치료했다.

"앞으로는 강물을 벗어나지 않는 것이 좋겠어요." 도로시가 말했다. "만약 모르는 친구가 우리에게 경고하고 어떻게 해야 할지 말해 주지 않았다면, 우린 지금쯤 모두 죽었을 거예요."

"맞는 말이야." 마법사가 동의했다. "그리고 강물이 피라미드 산 방향으로 흐르는 것 같으니까, 그게 우리가 여행하기에도 가장 쉬운 방법이 될 거야."

젭은 짐을 다시 마차에 맸고, 말은 빠른 걸음으로 잔잔한 강물 위를 달려 마차를 끌었다. 새끼 고양이는 처음에는 물에 젖는 걸 몹시 무서워했지만, 도로시가 고양이를 내려놓자 유레카는 곧 마차 옆에서 조금도 겁내지 않고 까불며 뛰어놀았다. 한번은 작은 물고기가 너무 수면 가까이에서 헤엄을 쳐서, 새끼 고양이가 입으로 물고기를 물어 눈 깜짝할 사이에 먹어 치웠다. 하지만 도로시는 유레카에게 이 마법 계곡에서는 먹는 것에 조심하라고 주의를 주었다. 더 이상은 물고기들도 붙잡힐 정도로 부주의하게 헤엄치지 않았다.

몇 시간 정도 여행한 후 강이 구부러지는 지점에 이르렀다. 그들은 피라미드 산에 도착하려면 1마일 정도 계곡을 가로질러야 한다는 것을 알게 되었다. 이 근처에는 집이 거의 없었고, 과수원이나 꽃도 거의 없었다. 그래서 우리 친구들은 야생 곰들을 더 많이 만날지도 몰라 걱정이 됐다. 일행은 진정으로 곰들을 두려워하게 되었다.

"짐, 돌진해야 할 거야." 마법사가 말했다. "그리고 최대한 빠르게 달려."

"알겠어요." 말이 대답했다. "최선을 다하겠어요. 하지만 내가 늙었다는 걸 기억해야 해요. 내가 팔팔하던 시절은 지났다구요."

세 사람은 모두 마차에 탔다. 그리고 젭은 고삐를 쥐었다. 물론 짐에게는 어떤 종류의 지시도 필요 없었지만 말이다. 보이지 않는 곰들의 날카로운 발톱 때문에 짐은 아직도 상처가 욱신거렸다. 그는 육지에 올라서자마자 산을 향했고, 그 무서운 곰들이 가까이에 더 많이 있을 수 있다는 생각에 자극을 받아 전속력으로 달렸기에 도로시는 호흡을 골라야 했다.

그때 젭이 장난기가 발동해서 곰들과 비슷한 으르렁 소리를 냈다. 그러자 짐은 귀를 바짝 세우고 정말 나는 듯이 달렸다. 그의 깡마른 다리가 너무나 빨리 움직여 거의 보이지 않을 정도였다. 마법사는 좌석에 단단히 매달려 목청껏 "워!" 하고 고함쳤다.

"그, 그가 도망쳐 버릴까 걱정돼요." 도로시가 숨을 헐떡였다.

"지금 그러고 있어." 젭이 말했다. "하지만 저런 속도로 달리면 곰도 그를 잡을 수 없어. 그리고 마구나 마차는 부서지지 않아."

짐은 1분에 1마일을 갈 정도로 빠르진 않았다. 하지만 일행이 알아채기도 전에 산기슭 앞에 멈춰 섰다. 그런데 너무 갑자기 멈춰 서는 바람에 마법사와 젭은 둘 다 마차의 흙받기 위로 튕겨 올라 부드러운 풀밭에 떨어졌다. 그리고 몇 번이나 구르고 나서야 멈췄다. 도로시는 거의 그들과 함께 날아갈 뻔했지만, 좌석의 쇠 난간을 단단히 붙잡고 있어서 위험을 피할 수 있었다. 그래도 도로시는 새끼 고양이를 짓눌러서 고양이가 비명을 질렀다. 그런 다음 늙은 말은 몇 번 이상한 소리를 냈는데, 도로시는 그가 그들 모두를 비웃고 있다는 의심이 들었다.

피라미드 산의
머리를 땋은 남자

 그들 앞에 있는 산은 원뿔처럼 생겼고, 너무 높아서 그 끝이 구름에 가려 있었다. 짐이 멈춰 선 장소 바로 앞에는 넓은 계단으로 이어지는 아치 형태의 둥근 구멍이 있었다. 계단은 산 안쪽의 바위 속으로 깎여 있었는데, 넓었으며 아주 가파르지는 않았다. 계단이 코르크 마개처럼 원을 그리고 있었기 때문이다. 층계가 시작되는 아치 형태의 둥근 구멍은 원이 아주 컸다. 계단 밑바닥에는 이런 표시가 있었다.

> 경고
> 이 계단은 가고일 나라로 이어진다.
> 위험! 들어오지 말 것!

"짐이 어떻게 마차를 끌고 저 많은 계단을 올라갈 수 있을지 모르겠어요." 도로시가 심각하게 말했다.

"전혀 문제가 안 돼." 무시하는 듯한 히힝 소리와 함께 말이 단언했다. "그렇지만 승객까지 끌고 싶진 않아. 여러분 모두 걸어 올라가야 해."

"계단이 더 가팔라지면 어떡하지?" 젭이 의심스럽다는 듯이 물었다.

"그땐 여러분이 마차 바퀴를 밀어 올려야겠지. 그뿐이야." 짐이 대답했다.

"어쨌든 해 보자." 마법사가 말했다. "이것이 보우 계곡을 벗어날 유일한 길이야."

그래서 그들은 계단을 오르기 시작했다. 도로시와 마법사가 먼저 오르고, 짐이 이어서 마차를 끌며 올라갔고, 그다음 마구에 무슨 일이 일어나는지 보기 위해 젭이 뒤를 이었다.

빛은 희미했고, 곧 그들은 완전한 어둠 속으로 들어섰

다. 마법사는 길을 비추기 위해 등잔을 꺼내야 했다. 이 등잔 덕분에 그들은 꾸준히 앞으로 나아가 마침내 산허리에 빛과 공기가 들어오는 틈이 있는 지점에 도착했다. 이 틈을 통해 그들은 아래에 펼쳐진 보우 계곡을 볼 수 있었다. 그렇게 멀리 떨어져서 보니, 오두막집들이 장난감 집처럼 보였다.

잠시 쉰 후에 그들은 다시 올라갔다. 여전히 계단은 넓고 짐이 쉽게 마차를 끌 수 있을 정도로 완만했다. 늙은 말은 약간 헐떡거렸고, 숨을 고르기 위해 자주 멈춰야 했다. 그런 때에는 모두 기쁘게 그를 기다렸다. 계속해서 올라가느라 다리가 아팠기 때문이었다.

그들은 한동안 나선형으로 위를 향해 움직였다. 희미하게 등잔에서 나오는 빛이 길을 비춰 주었지만, 그것은 우울한 여행이었다. 그러다 앞쪽에 밝은 빛이 보이자 그들은 두 번째 지점에 이르렀다는 걸 확신히고 모두 기뻐했다.

여기에는 산의 한쪽 측면에 큰 동굴 입구 같은 커다란 구멍이 나 있었다. 계단은 바닥 끝부분에서 멈췄고, 반대편 끝에서 오르막이 다시 시작됐다.

산속에 뚫려 있는 틈은 보우 계곡 반대편에 있었고, 우리의 여행자들은 그 틈을 통해 이상한 광경을 내다보았다. 그들 아래쪽에는 넓은 공간이 있었는데, 그 밑에 거대한 파도가 출렁이는 검은 바다가 있었다. 그리고 그 공간을 통해 작은 불길이 끊임없이 치솟아 오르고 있었다. 그들 바로 위에는, 거의 그들이 서 있는 높이에, 계속해서 위치를 옮기며 색깔이 변하는 구름대가 있었다. 파란색과 회색 구름은 무척 아름다웠다. 그리고 도로시는 구름대 위에 양털 같고 그림자 같은 형체들이 앉거나 기댄 자세로 있는 것을 보았다. 구름 요정이 틀림없었다. 땅 위에 서서 하늘을 올려다보는 사람들은 이런 형체들을 종종 구분할 수 없지만, 우리 친구들은 지금 구름에 너무 가까이 있어서 그 우아한 요정들을 매우 분명하게 관찰할 수 있었다.

"저들이 진짜일까?" 젭이 두려운 목소리로 물었다.

"물론이지." 도로시가 부드럽게 대답했다. "구름 요정들이야."

"속이 비치는 것 같아." 소년이 자세히 바라보며 말했다. "손으로 쥐어짜면 아무것도 남지 않을 것 같아."

구름과 멀리 아래쪽의 검고 거품이 이는 바다 사이의 공간에서는 때때로 허공을 가르며 빠르게 날아가는 낯선 새를 볼 수 있었다. 이 새들은 엄청나게 컸고, 젭은 《아라비안나이트》에서 읽었던 거대한 새 로크가 생각났다. 그들은 사나운 눈과 날카로운 발톱과 부리를 갖고 있었다. 아이들은 새들이 대담하게 구멍으로 들어오지 않기를 바랐다.

"어이쿠, 깜짝이야!" 작은 마법사가 갑자기 소리를 질렀

구름 요정들이야!

다. "도대체 이건 뭐지?"

그들이 몸을 돌리자 동굴 중앙 바닥에 한 남자가 서 있는 것이 보였다. 그는 자신이 일행의 관심을 끈 것을 보고 매우 공손하게 절을 했다. 그는 몸이 많이 굽은 매우 늙은 사람이었다. 그의 가장 이상한 점은 흰 머리카락과 수염이었다. 어찌나 긴지 그의 발까지 닿을 정도였다. 머리와 수염은 신중하게 여러 갈래로 땋여 있었고, 땋인 각각의 끝에는 다양한 색깔의 나비 모양 리본이 매여 있었다.

"당신은 어디에서 왔죠?" 도로시가 놀라서 물었다.

"어느 곳도 아니란다." 땋은 머리를 한 남자가 말했다. "그게 최근에는 그렇다는 거지. 예전에는 지상에서 살았지만, 여러 해 동안 이곳에 내 공장을 갖고 있었단다. 피라미드 산 중턱 말이다."

"우리가 겨우 절반 정도 올라온 건가요?" 소년이 실망한 어조로 물었다.

"내가 알기론 그래, 젊은이." 머리를 땋은 남자가 대답했다. "하지만 내가 도착한 이후로 아래나 위 어느 쪽으로도 가 본 적이 없으니까, 정확하게 중간쯤인지는 확신할 수는 없어."

"이곳에 공장을 가지고 있나요?" 이상한 사람을 자세하게 살펴보던 마법사가 물었다.

"물론이지." 상대방이 대답했다. "나는 위대한 발명가라는 걸 알아야 해. 그리고 나는 이 외로운 곳에서 내 제품을 만들지."

"당신의 제품은 뭐죠?" 마법사가 물었다.

"아, 나는 깃발의 다양한 펄럭거리는 소리와 여성용 비단옷의 바스락거리는 탁월한 소리를 만들어요."

"그럴 줄 알았어요." 마법사가 한숨을 쉬며 말했다. "우리가 그 제품들을 좀 구경해도 될까요?"

"물론이지, 내 가게 안으로 들어와요." 머리를 땋은 남자가 돌아서서 더 작은 동굴로 길을 안내했다. 그는 분명히 그곳에 살고 있었다. 거기에는 넓은 선반 위에 다양한 크기의 마분지 상자들이 있었는데, 각 상자마다 무명실로 묶여 있었다.

"이 상자에는" 남자가 상자 하나를 들어 올려 침착하게 다루면서 말했다. "144개의 바스락거리는 소리가 들어 있지. 한 여성이 1년 동안 써도 충분한 양이야. 이걸 사겠니?" 그가 도로시에게 물었다.

"제 옷은 비단이 아니에요." 도로시가 미소를 지으며 말했다.

"걱정하지 마라. 네가 비단옷을 입고 있든 그렇지 않든, 상자를 열면 바스락 소리가 빠져나올 테니까." 남자가 진지하게 말했다. 그런 다음 그는 또 다른 상자를 집어 올렸다. "이 상자에는" 그가 계속 말했다. "다양한 종류의 펄럭거림이 들어 있지. 그것들은 바람이 없는 잔잔한 날에 깃발을 펄럭이게 만드는 매우 귀중한 것이야. 선생님, 당신에겐" 마법사를 향해서 말을 이었다. "이것이 필요해요. 내 제품을 한번 써 보면, 그것 없이는 절대 살 수 없을 거라 확신합니다."

"제게는 돈이 없어요." 마법사가 얼버무리며 말했다.

"나는 돈을 원치 않아요." 머리를 땋은 남자가 응답했다. "돈이 있더라도 이 외딴곳에선 사용할 수 없으니까. 하지만 난 파란색 머리 리본을 매우 좋아하죠. 내 머리칼에 노란색, 분홍색, 갈색, 빨간색, 초록색, 흰색과 검은색 리본이 매여 있는 게 보일 거야. 하지만 내겐 파란색 리본이 없어요."

"제가 가져다드릴게요!" 그 불쌍한 남자가 안타까웠던 도로시가 소리쳤다. 그녀는 마차로 달려가서 가방에서 예쁜 파란색 리본을 꺼냈다. 이 보물을 받았을 때 머리를 땋은 남자의 눈이 얼마나 반짝였는지 도로시는 그것을 보는 것이 기뻤다.

"날 정말정말 행복하게 해 주었구나, 얘야!" 그가 소리쳤다. 그런 다음 그는 마법사에겐 펄럭거림 상자를, 도로시에겐 바스락거리는 소리 상자를 주겠다고 고집했다.

"언젠가는 당신들에게 이것들이 필요할 수 있어요." 그가 말했다. "그리고 누군가 써 주지 않으면, 내가 이것들

이걸 받아 줘요.

을 만드는 게 아무 소용이 없어요."

"당신은 왜 지상을 떠났나요?" 마법사가 물었다.

"어쩔 수 없었소. 이건 슬픈 이야기이지만, 여러분이 눈물을 참으려 노력하겠다면 이야기를 들려주겠어요. 지상에서 나는 미국의 스위스 치즈에 필요한 수입산 구멍 제조업자였어요. 나는 탁월한 제품을 공급했다고 생각해요. 굉장히 수요가 많았지. 또 나는 구멍이 많은 회반죽에 필요한 구멍들과 도넛과 단추에 필요한 높은 등급의 구멍들도 만들었어요. 마침내 조절이 가능한 기둥 구멍을 개발했고, 큰 재산을 모을 거라 생각했지요. 나는 많은 양의 기둥 구멍들을 제작했고, 그것들을 저장할 공간이 없어서 그것들을 모두 끝과 끝을 이어서는 맨 위의 구멍을 땅속에 묻었어요. 여러분도 상상할 수 있겠지만, 그것이 엄청나게 큰 구멍을 만들었어요. 그리고 땅 아래 멀리까지 이르게 되었지요. 그런데 내가 밑바닥을 보려고 몸을 기울였을 때, 균형을 잃고 그 속으로 떨어졌어요. 불행하게도 그 구멍은 이 산 바깥에 있는 거대한 공간으로 곧바로 이어졌지. 하지만 나는 가까스로 이 동굴에서 삐져나온 바위의 끝을 잡을 수 있었고, 아래에 있는 검은 파도 속으로 거꾸로 떨어지지 않고 나 자신을 구할 수 있었지요. 바다에 떨어졌다면 치솟는 불길이 분명히 날 삼켜 버렸을 거야. 그때 나는 이곳을 내 집으로 삼았지요. 비록 외로운 곳이지만, 나는 바스락 소리와 펄럭이는 소리를 만들며 위안을 삼고, 그렇게 매우 훌륭하게 지내고 있죠."

머리를 땋은 남자가 이 이상한 이야기를 끝냈을 때, 도로시는 거의 웃을 뻔했다. 이야기가 모두 너무 엉터리였기 때문이었다. 하지만 마법사는 이마를 의미심장하게 두드렸다. 이 불쌍한 사람이 미쳤다고 생각한다는 뜻이었다. 그들은 그에게 공손하게 인사하고, 여행을 다시 시작하기 위해 동굴로 돌아갔다.

나무 가고일들을 만나다

또다시 숨 가쁘게 올라가던 우리 친구들은 세 번째 지점에 도착했는데, 그곳에는 산속에 갈라진 틈이 있었다. 그 틈 사이로 볼 수 있는 것들은 모두 떼 지어 흘러가는 구름들이었다. 구름대가 너무 두꺼워 그 밖의 다른 것들은 보기가 힘들었다.

일행은 휴식을 취해야만 했다. 그래서 그들이 암석 바닥에 앉아 있는 동안, 마법사는 호주머니를 뒤져 아홉 마리 새끼 돼지들을 꺼냈다. 기쁘게도 그들은 이제 분명하게 눈에 보였다. 그것은 그들이 보우 계곡의 마법의 영향에서 벗어났다는 걸 의미했다.

"와, 우린 다시 서로를 볼 수 있어!" 한 마리가 기쁨에 넘쳐 소리쳤다.

"그래." 유레카가 한숨을 쉬었다. "나도 너희를 다시 볼 수 있어. 그리고 너희들 모습은 나를 엄청나게 배고프게 만들거든. 제발, 마법사 아저씨, 통통한 새끼 돼지 중에 한 마리만 먹어도 될까요? 한 마리 정도는 없어도 될 거예요."

"이 끔찍하고 야만적인 짐승 같으니!" 새끼 돼지 한 마리가 소리쳤다. "그렇게 좋은 친구가 되고, 서로 함께 놀았는데 말이야!"

"배가 고프지 않으면, 너희들과 노는 게 좋아." 새끼 고양이가 조심스럽게 말했다. "하지만 내 위가 비었을 땐, 통통한 새끼 돼지만큼 그걸 채워 줄 게 없을 것 같단 말이야."

"우린 너를 믿었어!" 또 다른 새끼 돼지가 꾸짖듯이 말했다.

"그리고 너를 훌륭하다고 생각했다구!" 또 다른 새끼 돼지가 말했다.

"우리가 실수한 것 같다." 세 번째 돼지가 겁먹은 듯이 새끼 고양이를 바라보며 단언했다. "저런 잔인한 욕망을 가진 친구는 우리 일행에 함께해선 안 돼."

"알겠지, 유레카," 도로시가 비난하듯이 말했다. "넌 너 자신을 미움받게 하고 있어. 새끼 고양이가 먹기에 적당한 것들이 있어. 하지만 난 어떤 상황에서도 새끼 고양이가 돼지를 잡아먹었다는 걸 들은 적이 없어."

"전에 저렇게 작은 돼지를 본 적 있어?" 새끼 고양이가 물었다. "그들은 생쥐 정도 크기밖에 되지 않아. 그리고 생쥐는 내가 먹기에 적당하다고 확신해."

"크기 문제가 아니라, 종류 문제라구." 도로시가 대답했다. "네가 내 반려동물인 것처럼, 이 돼지들은 마법사 아저씨의 반려동물이야. 그리고 네가 그들을 잡아먹는 건 짐이 너를 잡아먹는 것만큼이나 적절하지 못해."

"그게 바로 내가 하려는 거야. 만약 네가 새끼 돼지들을 내버려두지 않으면 말이야." 짐이 동그랗고 큰 눈으로 새끼 고양이를 노려보며 말했다. "네가 그들 중 한 마리라도 해치면, 내가 당장 너를 씹어 먹을 거야."

새끼 고양이는 짐을 심각하게 쳐다보았다. 마치 그가 진심인지 아닌지 판단하려 애쓰는 것 같았다.

"그렇다면" 유레카가 말했다. "그들을 내버려둘게. 짐, 넌 이빨이 많이 남아 있지 않아. 하지만 너에게 남은 이빨들은 날 떨게 만들기에 충분할 정도로 날카로워. 그러니 이후로는 나와 관련해서 새끼 돼지들은 완벽하게 안전할 거야."

"맞아, 유레카." 마법사가 진지하게 말했다. "우리 모두 행복한 가족이 되어 서로 사랑하자."

유레카는 하품하며 몸을 뻗었다.

"난 항상 새끼 돼지들을 사랑했어." 유레카가 말했다. "하지만 그들은 나를 사랑하지 않아."

"어떤 사람도 두려워하는 사람을 사랑할 순 없어." 도로시가 주장했다. "네가 얌전하게 행동하고 새끼 돼지들을 무섭게 하지 않으면, 그들은 분명히 널 좋아하게 될 거야."

마법사는 이제 아홉 마리 새끼 돼지들을 호주머니에 다시 집어넣었고, 여행은 다시 시작되었다.

"우린 지금쯤 꼭대기에 아주 가까이 온 게 틀림없어." 어둡고 구불구불한 계단을 지겹게 올라가면서 소년이 말했다.

"가고일의 나라가 지상에서 멀 리가 없어." 도로시가 말했다. "여기 땅 밑은 마음에 들지 않아. 난 다시 집에 가고 싶어."

아무도 이 말에 대답하지 않았다. 모두 올라가느라 숨이 가빴기 때문이었다. 계단은 더 좁아졌고, 젭과 마법사는 종종 짐이 한 계단씩 마차를 끄는 것을 도와주거나, 혹은 바위벽에 막혀 움직이지 못하는 일이 없도록 도와주어야 했다.

마침내 그들 앞에 희미한 불빛이 나타났다. 그 빛은 일행이 앞으로 나아갈수록 더욱 분명하고 강해졌다.

"다행히 거의 다 온 것 같다!" 키 작은 마법사가 숨을 헐떡였다.

앞장서 있던 짐은 앞에 놓인 마지막 계단을 보고, 바위 투성이 가장자리 너머로 머리를 내밀었다. 그런데 순간 멈추더니, 머리를 아래로 수그리고 뒤로 물러나기 시작했다. 그러다가 마차와 함께 다른 일행 위로 떨어질 뻔했다.

"다시 내려가자!" 짐이 목쉰 소리로 말했다.

"말도 안 돼!" 지친 마법사가 날카롭게 말했다. "뭐가 문제야, 늙은 친구?"

"모든 게 다." 말이 투덜거렸다. "난 이곳을 보았어. 이곳은 생명체가 가기에 적합한 곳이 아니야. 저 위쪽은 모든 게 죽어 있어. 어디에도 살이나 피를 가졌거나, 자라나는 생명체가 없단 말이야."

"걱정하지 마. 우린 돌아갈 수 없어." 도로시가 말했다. "그리고 어쨌든 우린 그곳에 머물려는 게 아니야."

"위험하다구." 짐이 집요하게 화난 목소리로 말했다.

"내 말을 들어 봐, 착한 말아." 마법사가 끼어들었다. "어린 도로시와 나는 이상한 나라들을 많이 여행했지만, 항상 해를 입지 않고 빠져나왔어. 우린 심지어 경이로운 나라 오즈에도 있었다구. 그렇지 않아, 도로시? 그래서 가고일의 나라가 어떻든지 우린 상관 안 해. 앞으로 가, 짐. 무슨 일이 일어나든, 우린 최선을 다할 거야."

"좋아." 말이 대답했다. "이건 당신들 여행이지 내 여행은 아니야. 그러니 문제가 생기더라도 날 원망하진 마."

이 말과 함께 그는 앞으로 몸을 굽혀 마차를 남은 계단 위로 끌어올렸다. 다른 일행은 뒤따랐고, 곧 그들은 넓은 바위 위에 서서 그들의 눈이 지금까지 본 것 중에 가장 이상하고 놀라운 광경을 응시하게 되었다.

"가고일의 나라는 모두 나무로 만들어져 있어!" 젭이 놀라 소리쳤다. 그리고 그 말이 맞았다. 땅은 톱밥이었고, 여기저기 흩어져 있는 자갈들은 나무에 나온 옹이들이었다. 그것들은 시간이 지나면서 매끈매끈하게 닳아 있었다. 이상한 나무 집들이 있었는데, 정원에는 깎아 놓은 나무 꽃들이 있었다. 나무의 몸통은 물론 나무였지만, 나뭇잎들은 대팻밥이었다. 풀밭은 깨진 나뭇조각들이었고, 풀이나 톱밥이 보이지 않는 곳은 단단한 나무 바닥이었다. 나무 새들이 나무 사이에서 퍼덕거렸고, 나무 소들은 나무 풀을 뜯어 먹고 있었다. 하지만 이 모든 것 중에 가장 놀라운 것은 나무로 만들어진 사람이었다. 가고일이라고 알려진 사람들 말이다.

이들은 숫자가 매우 많았다. 사람들이 매우 촘촘하게 살았기 때문이었다. 이 이상한 사람들의 큰 무리가 가깝게 떼 지어 모여 긴 나선형 계단에서 나타난 이방인들을 날카롭게 응시했다.

가고일들은 키가 매우 작았다. 3피트도 되지 않았다.

몸은 둥글고, 다리는 짧고 굵었으며, 팔은 엄청나게 길고 튼튼했다. 머리는 몸통에 비해 너무 컸고, 얼굴은 보기에 너무 추했다. 어떤 자들은 길고 휘어진 코와 턱, 작은 눈과 이빨을 드러내는 넓게 찢어진 입을 지니고 있었다. 다른 자들은 납작한 코, 튀어나온 눈, 그리고 코끼리 귀처럼 생긴 귀를 갖고 있었다. 정말이지 여러 유형의 사람들이 있었는데, 비슷한 얼굴을 찾기 힘들었다. 하지만 모두 똑같이 외모가 마음에 들지 않았다. 그들의 머리 꼭대기는 머리카락이 없는 대신 다양하고 희한한 모양의 조각이 새겨져 있었다. 어떤 사람은 머리꼭지 주변에 점이나 공을 줄지어 새겨 놓았고, 어떤 이들은 꽃이나 채소를 닮은 다른 디자인을 했으며, 또 다른 사람들은 머리 위에 열십자로 잘린 와플처럼 보이는 사각형을 갖고 있었다. 그들은 모두 짧은 나무 날개를 달고 있었는데, 그 날개는 나무 나사와 나무 경첩으로 나무 몸에 고정되어 있었다. 이 날개를 이용해 그들은 여기저기를 빠르게 그리고 소리 없이 날아다녔다. 따라서 그들의 다리는 별로 소용이 없었다.

 이 소리 없는 움직임은 가고일의 가장 특별한 점 중 하나였다. 그들은 날거나 말하려 할 때 전혀 소리를 내지 않았다. 그들은 주로 나무 손가락이나 입술로 재빠른 신호를 만들어 대화를 했다. 나무 나라 어디에서도 아무 소리도 들리지 않았다. 새들은 노래하지 않았고, 소들도 울지 않았다. 하지만 모든 곳에 평범한 행동 이상의 행동이 있었다.

계단 가까이에서 떼 지어 발견되었던 이 이상한 사람들 무리는 처음에는 움직이지도 않고 사악한 눈빛으로 갑자기 그들 나라에 나타난 침입자들을 노려보고 있었다. 마법사와 아이들, 말과 새끼 고양이 역시 똑같이 말없이 조심스럽게 가고일들을 살펴보았다.

"분명히 문제가 생길 거야." 말이 말했다. "젭, 이 밧줄 좀 풀어서 나를 마차에서 자유롭게 해 줘. 편하게 싸울 수 있도록 말이야."

"짐의 말이 맞아." 마법사가 한숨을 쉬었다. "문제가 생길 거야. 내 칼은 저 나무 몸통을 베기에는 충분히 튼튼하지 않아. 그러니 권총을 꺼내야겠다."

그는 마차에서 손가방을 가져와 치명적으로 보이는 권총 두 자루를 꺼냈다. 아이들은 권총을 보는 것만으로도 놀라 뒤로 물러섰다.

"가고일들이 어떤 해를 가할 수 있을까요?" 도로시가 물었다. "그들에게는 우리를 해칠 무기가 없는데요."

"그들의 팔 하나하나가 나무 몽둥이야." 마법사가 대답했다. "그리고 그들의 눈을 보면 해를 끼치려는 걸 확신할 수 있어. 이 권총들로도 그들 중 소수에게만 피해를 입힐 수 있지. 그 후에는 그들이 우릴 마음대로 할 수 있어."

"그렇다면 왜 싸우려는 거죠?" 도로시가 물었다.

"떳떳하게 죽을 수 있으니까." 마법사가 엄숙하게 답했다. "자신이 할 수 있는 최선을 다하는 것이 모든 남자의 의무야. 난 그걸 할 작정이야."

"내게 도끼가 있었으면 좋았을 텐데." 젭이 말했다. 그는 이제 말을 마차에서 풀어 주었다.

"올 거라는 걸 알았더라면, 다른 유용한 것들을 더 가져왔을 텐데." 마법사가 말했다. "하지만 우리는 이 모험에 예상치 않게 빠져들었어."

말하는 소리가 들리자, 가고일들은 조금 뒤로 물러났다. 우리의 친구들은 낮은 목소리로 말했지만, 그들의 말이 그들을 둘러싼 침묵 속에서는 크게 들렸기 때문이었다. 하지만 대화가 끝나자마자 이빨을 드러낸 흉측한 가고일들이 떼 지어 일어나 낯선 자들을 향해 빠르게 날아왔다. 그들은 빙신에 뛰어나온 상대처럼 긴 팔을 앞으로 뻗은 채였다. 특별히 그들의 관심을 끈 것은 말이었는데, 그들이 지금껏 본 것 중 가장 크고 이상한 생명체였기 때문이었다. 그래서 말이 그들의 첫 공격 대상이 되었다.

하지만 짐은 그들을 맞을 준비가 되어 있었다. 그들이 오는 것을 보자 짐은 뒤꿈치를 그들을 향해 돌리고, 최대한 세게 발길질을 시작했다. 탁! 퍽! 쿵! 쇠 징을 박은 발굽이 가고일들의 나무 몸통을 가격했고, 엄청난 힘으로 오른쪽 왼쪽으로 타격을 입은 그들은 바람 속 지푸라기처럼 흩어졌다. 하지만 그 소음과 부딪치는 소리가 그들에게는 짐의 뒤꿈치만큼이나 무서운 것 같았다. 움직일 수 있는 자들은 모두 재빠르게 몸을 돌려 멀리까지 날아가 버렸기 때문이다. 다른 자들은 땅에서 한 명씩 몸을 일으켜 재빨리 동료들에게 합류했다. 그래서 한동안 말은 자신이 쉽게 싸움에서 이겼다고 생각했다.

하지만 마법사는 그렇게 자신하지 않았다.

"저 나무로 만든 것들은 상처를 입을 수가 없어." 그가 말했다. "짐이 그들에게 입힌 피해는 코와 귀에서 몇 조각 떨어뜨린 정도야. 그것이 그들을 더욱 흉측하게 만들 순 있지만, 그들이 곧 다시 공격할 거라는 게 내 의견이야."

"뭣 때문에 그들이 달아난 거죠?" 도로시가 물었다.

"물론 소음이야. 그 투사가 고함을 쳐서 어떻게 그들로부터 도망쳤다고 했는지 기억나지 않아?"

"우리도 계단을 내려가 도망치는 게 어때요?" 소년이 제안했다. "지금은 우리에게 시간이 있고, 난 저 나무 도깨비들보다는 차라리 보이지 않는 곰들과 맞서겠어요."

"안 돼." 도로시가 완강하게 대답했다. "되돌아가는 건 도움이 안 돼. 그렇게 되면 우린 절대 집으로 돌아가지 못해. 싸워 나가자."

"내가 하고 싶은 말도 그거야." 마법사가 말했다. "그들

이래도 덤빌 테냐!

은 아직 우릴 이기지 못했어. 그리고 짐은 군대 병력만큼이나 가치가 있어."

하지만 가고일들은 다음번에는 말을 공격하지 않을 정도로 충분히 똑똑했다. 그들은 더 많은 숫자로 합세하여 거대한 무리로 달려들었고, 짐의 머리를 넘어 다른 일행이 서 있는 곳으로 똑바로 날아왔다.

마법사는 권총 하나를 들어 적의 무리 가운데로 발사했다. 총소리가 그 조용한 장소에서 천둥소리처럼 울려 퍼졌다.

가고일 중 몇몇이 떨어져 땅에 납작하게 널브러져서는 팔다리를 부들부들 떨었다. 하지만 대부분의 무리는 방향을 바꾸어 다시 멀리 도망쳤다.

젭은 달려가서 그에게 가장 가까이에 누워 있는 가고일 한 명을 붙잡았다. 그의 머리 꼭대기는 왕관 모양으로 조각되어 있었다. 단단한 나무옹이인 그의 왼쪽 눈을 마법사의 총알이 정확하게 맞혔다. 총알의 반은 나무에 박혀 있었고, 반은 밖으로 삐져나와 있었다. 결국 그 가고일은 실제 입은 상처보다 충격과 갑작스러운 소음 때문에 쓰러진 것이었다. 이 왕관 쓴 가고일이 정신을 차리기 전에 젭은 끈으로 그의 몸을 여러 번 감아 움직일 수 없도록 날개와 팔을 단단히 결박했다. 그렇게 그 나무 인간을 안전하게 묶은 다음, 젭은 끈을 조여 가고일 포로를 마차 안으로 던져 넣었다. 그때쯤에는 다른 가고일들은 모두 물러나 있었다.

멋진 탈출

한동안 적은 공격을 다시 시작하는 것을 주저했다. 잠시 후 몇 명의 적이 다가왔다가 마법사가 또다시 권총을 쏘자 퇴각했다.

"훌륭해요." 젭이 말했다. "이제 놈들을 확실하게 도망치게 했어요."

"하지만 당분간뿐이야." 마법사가 우울하게 고개를 저으며 대답했다. "이 권총들은 각각 여섯 발씩 쏠 수 있지만, 다 쏘고 나면 우린 속수무책이 될 거야."

가고일들도 이것을 깨달은 것 같았다. 그들이 무리 중 소수를 여러 번 보내 낯선 자들을 공격하여 키 작은 남자의 권총 발사를 이끌어 냈기 때문이다. 이런 식으로 해서 그들 중 무서운 총성에 한 번 이상 충격을 받은 자는 없었다. 주력 부대는 멀리 떨어져 있었고 매번 새로운 무리가 전투에 보내졌기 때문이었다. 마법사가 열두 개의 총알을 모두 발사했지만, 총성으로 소수를 실신시키는 것 외에는 적에게 아무런 피해도 입히지 못했다. 그래서 그는 싸움을 시작했을 때와 마찬가지로 승리를 얻지 못했다.

"이젠 어떻게 하지?" 도로시가 걱정스럽게 물었다.

"고함을 치자, 모두 함께." 젭이 말했다.

"그러는 동시에 싸워야지." 마법사가 덧붙였다. "우린 짐 가까이에 있을 거야. 그래야 짐이 우릴 도울 수 있으니까. 그리고 각자 무기를 들고 최선을 다해야지. 난 내 칼을 사용하겠어. 이런 상황에서 큰 도움은 안 되겠지만 말이야. 도로시는 양산을 가지고 있다가 나무 인간들이 공격할 때 갑자기 펼쳐. 젭에게는 줄 게 없구나."

"전 왕을 사용하겠어요." 소년이 말했다. 그리고 마차에서 포로를 끌어냈다. 묶인 가고일의 팔은 머리를 넘어 멀리까지 뻗쳐 있어서, 젭은 그 손목을 잡으면 왕이 훌륭한 몽둥이가 된다는 걸 알았다. 소년은 농장에서 항상 일했기 때문에 또래에 비해 힘이 셌다. 그래서 그는 마법사보다 더 적에게 위협적일 것 같았다.

가고일들의 다음 무리가 다가왔을 때, 우리 친구들은 마치 미친 것처럼 고함치기 시작했다. 새끼 고양이조차 날카로운 비명을 질렀고, 동시에 짐은 크게 힝힝거렸다.

이 때문에 적은 한동안 겁을 먹었지만, 친구들은 곧 숨이 가빠졌다. 이것을 알아챈 데다 권총에서 나오는 무서운 "탕" 소리도 더 이상 없다는 사실을 알게 된 가고일들이 벌떼처럼 새까맣게 몰려들었다. 하늘이 그들로 가득 찬 것 같았다.

도로시는 땅에 쭈그리고 앉아 양산을 폈다. 양산은 그녀를 거의 덮었고, 보호막 역할을 해 주었다. 마법사의 칼날은 나무 인간들을 향해 내려친 첫 번째 타격에 열두 조각으로 부러져 버렸다. 젭은 가고일의 몸통을 몽둥이처럼 후려쳐 열두 명의 적을 쓰러뜨렸다. 하지만 가고일들이 너무나 많이 떼 지어 몰려드는 바람에 젭은 팔을 휘두를 공간이 없었다. 말은 멋진 발차기를 몇 번 선보였고, 유레카도 가고일들에게 뛰어올라 야생 고양이처럼 그들을 할퀴고 물어뜯으며 도왔다.

하지만 이 모든 용감한 행동도 결국 아무 소용이 없었다. 나무 인간들은 긴 팔로 젭과 마법사를 감아 단단히 붙들었다. 도로시도 똑같은 방식으로 붙잡혔고, 수많은 가고일들이 짐의 다리에 매달려 무겁게 누르는 바람에 불쌍한 짐승은 꼼짝할 수가 없었다. 유레카는 도망치기 위해 필사적으로 달렸고, 번개처럼 땅을 뛰어다녔다. 하지만 이빨을 드러낸 가고일 한 명이 뒤쫓아 날아가 유레카가 멀리 가기 전에 붙잡았다.

그들은 모두 이제 곧 죽을 것으로 예상했다. 하지만 놀랍게도 나무 인간들은 일행을 데리고 함께 공중으로 날아올랐고, 나무 나라를 오랫동안 날아 나무 도시에 이르렀다. 이 도시의 집들에는 모서리가 많이 있었는데, 사각형과 육각형, 팔각형의 모서리가 있었다. 집들은 탑 같은 모양이었고, 가장 좋은 집은 오래되고 낡은 것 같았다. 하지만 집들은 모두 튼튼하고 견고했다.

나무 인간들은 이 집들 가운데 한 곳으로 포로들을 데려갔다. 그 집은 문도 창문도 없고, 단지 지붕 바로 밑에 넓은 입구만 하나 있을 뿐이었다. 가고일들은 일행을 입구 안으로 거칠게 밀어 넣었는데, 그곳에는 바닥이 평평한 공간이 있었다. 그런 다음 그들은 일행을 남겨 두고 날아가 버렸다. 이방인들은 날개가 없었기 때문에, 도망칠 수가 없었다. 그리고 만약 그렇게 높은 곳에서 뛰어내린다면, 분명히 죽을 것이었다. 나무 인간들은 그런 방식을 생각할 정도로 충분히 분별력이 있었다. 그들의 유일한 실수는 땅 위 사람들이 그런 평범한 어려움을 극복할 수 없으리라고 생각한 것이었다.

짐은 다른 일행과 함께 끌려왔다. 비록 그 큰 짐승을 공중으로 옮겨 높은 곳에 있는 평평한 공간에 내려놓기 위해서는 상당히 많은 가고일들이 필요했지만 말이다. 그들은 짐에 이어 마차도 밀어 넣었다. 마차가 일행의 것이었

아, 위험해!

기 때문이었다. 나무 인간들은 그것이 무엇에 사용되는지, 혹은 그것이 살았는지 죽었는지는 아무 생각이 없었다. 유레카를 사로잡은 가고일이 새끼 고양이를 다른 일행에 이어 던진 후에 조용히 사라졌다. 우리 친구들은 다시 한번 자유롭게 숨 쉴 수 있었다.

"정말 끔찍한 싸움이었어!" 도로시가 헐떡이다 숨을 고르며 말했다.

"오, 모르겠어." 유레카가 앞발로 주름이 있는 털을 다듬으면서 가르랑거렸다. "우린 누군가를 다치게 하지 않았고, 아무도 우릴 다치게 하지도 않았어."

"비록 포로지만, 다행히도 우린 다시 함께야." 도로시가 한숨을 쉬었다.

"왜 그들이 우릴 그 자리에서 죽이지 않았는지 궁금해." 젭이 말했다. 그는 싸우다가 왕관을 새긴 가고일을 잃어버렸다.

"아마 그들이 어떤 의식을 위해 우릴 대기시키고 있는 걸지도 몰라." 마법사가 곰곰이 생각하며 대답했다. "하지만 그들이 우리를 가능한 한 빨리 죽일 작정이라는 건 의심의 여지가 없어."

"가능한 한 빨리는 매우 빨리 죽인다는 거죠?" 도로시가 물었다.

"맞아, 하지만 우리가 지금 그걸 걱정할 필요는 없어.

우리의 감옥을 조사하고 어떤 곳인지 알아보자."

그들이 서 있는 지붕 아래 공간에서는 높은 건물의 사방을 볼 수 있었다. 그래서 도로시 일행은 커다란 호기심으로 그들 아래 펼쳐진 도시를 바라보았다. 눈에 보이는 모든 것은 나무로 만들어져 있었는데, 그 광경은 경직되고 극도로 부자연스러워 보였다.

그들이 있는 방에서부터 집 안으로 내려가는 계단이 있어서 아이들과 마법사는 길을 비추려고 등잔에 불을 켠 후에 그곳을 탐험했다. 몇 개의 층을 탐색했지만, 비어 있는 방들밖에 없었다. 그 이상은 아무것도 없었다. 그래서 잠시 후 그들은 원래의 공간으로 되돌아왔다. 더 낮은 곳의 방들에 문이나 창문이 있었다면, 혹은 집을 구성하는 판자들이 그렇게 두껍고 튼튼하지 않았다면 탈출은 쉬웠을 것이다. 하지만 아래에 머물러 있는 것은 지하나 배의 선반에 있는 것과 같았다. 그리고 그들은 어둠이나 습한 냄새를 좋아하지 않았다.

이 나라는, 그들이 방문했던 지상 아래 모든 다른 나라에서처럼, 밤이 없었다. 어떤 알 수 없는 원천에서 지속적이고 강력한 빛이 나오고 있었다. 밖을 내다보았을 때 그들은 가까이에 있는 집들의 안을 들여다볼 수 있었다. 그 집들에는 열린 창문들이 많았는데, 그들 거처에서 나무 가고일의 형체가 움직이는 걸 볼 수 있었다.

"지금은 저들의 휴식 시간인 것 같다." 마법사가 말했다. "사람은 모두 휴식이 필요해. 나무로 만들어졌다 하더라도 말이야. 그리고 이곳엔 밤이 없으니까, 그들은 잠자거나 혹은 눈을 붙일 하루의 특정 시간을 선택하는 거야."

"나도 졸려요." 젭이 하품하며 말했다.

"참, 유레카는 어디 있지?" 도로시가 갑자기 말했다.

그들 모두 둘러보았지만, 새끼 고양이는 어디에서도 보이지 않았다.

"고양이는 산책하러 나갔어." 짐이 퉁명스럽게 말했다.

"어디로? 지붕으로?" 도로시가 물었다.

"아니, 발톱으로 나무를 파서 이 집 벽을 타고 아래로 기어올라 땅으로 갔어."

"아래로 기어오를 수는 없어, 짐." 도로시가 말했다. "기어오르는 건 위로 올라가는 거야."

"누가 그렇게 말했어?" 말이 물었다.

"학교 선생님이 그렇게 말했어. 선생님은 아는 게 많단 말이야, 짐."

"아래로 기어오르는 건 때로는 비유적 표현으로 사용돼." 마법사가 말했다.

"좋아, 이건 고양이의 표현이었어." 짐이 말했다. "그리고 기어올랐든 기었든, 어쨌든 걔는 아래로 내려갔어."

"맙소사! 유레카는 정말 조심성이 없어!" 도로시가 걱정스러워 소리를 질렀다. "분명히 거글들이 유레카를 붙잡을 거야."

"하, 하!" 늙은 말이 낄낄거리며 웃었다. "아가씨, 그들은 거글이 아니라 가고일이야."

"그건 중요하지 않아. 뭐라고 불리든, 그들이 유레카를 붙잡을 거야."

"아니, 그러지 못할걸." 새끼 고양이의 목소리가 말했다. 유레카는 방의 가장자리 위로 기어서 바닥에 조용히 내려앉았다.

"도대체 어디 있었던 거야, 유레카." 도로시가 엄하게 물었다.

"나무 인간들을 보고 있었지. 그들은 정말 웃겨, 도로시. 바로 지금 그들은 모두 잠자리에 들었어. 그리고 그거 알아? 그들은 날개의 경첩을 풀어서 다시 깨어날 때까지 구석에 놓아둔다구."

"뭐라고, 경첩을?"

"아니, 날개 말이야."

"그렇다면" 젭이 말했다. "왜 이 집이 그들에게 감옥으로 사용되는지 이해가 된다. 만약 가고일 중에 누군가가 나쁜 짓을 해서 감옥에 갇혀야 한다면, 그들은 이곳으로 끌려와 착하게 살겠다고 약속할 때까지 날개를 떼어 격리되는 거야."

마법사는 유레카가 말한 것을 신중하게 들었다.

"우리가 그 풀린 날개를 몇 개 얻었으면 좋겠다." 그가 말했다.

"우리도 그 날개로 날 수 있을까요?" 도로시가 물었다.

"그럴 수 있다고 생각해. 만약 가고일들이 날개를 풀어놓을 수 있다면, 날아가는 힘은 날개를 착용하는 사람들의 나무 몸에 있는 것이 아니라 날개 자체에 있는 거야. 만약 우리가 날개를 착용한다면, 아마 우리도 그들처럼 날 수 있을 거야. 적어도 우리가 그들 나라에 있고, 마법의 영향을 받는 동안에는 말이지."

"하지만 우리가 날 수 있는 게 어떤 도움이 될까요?" 도로시가 물었다.

"이리 와 보렴." 마법사가 말했다. 그리고 그녀를 건물의 한쪽 구석으로 데려갔다. "저기 언덕 위에 서 있는 커다란 바위가 보이니?" 그는 손가락으로 가리키면서 계속 말했다.

"네, 꽤 먼데요. 하지만 볼 수는 있어요." 도로시가 대답했다.

"그래, 구름 속까지 솟아 있는 저 바위 내부에 우리가 보우 계곡에서 나선형 계단을 올라갔을 때 들어섰던 곳과 똑같은 아치형 입구가 있어. 내 소형 망원경을 가져올 테니, 더 분명하게 볼 수 있을 거다."

그는 손가방 안에 있던 작지만 강력한 망원경을 가져왔다. 그리고 망원경의 도움으로 도로시는 그 입구를 분명하게 보았다.

"저 길이 어디로 이어질까요?" 도로시가 물었다.

"그건 알 수 없지." 마법사가 말했다. "하지만 지금 우리가 땅 표면 아래에서 멀리 있을 리가 없어. 저 입구는 지상으로 우리를 다시 데려다줄 또 다른 계단으로 이어질 수도 있어. 만약 우리가 날개를 얻어서 가고일들을 피할 수 있으면, 우린 저 바위로 날아가 구원받을 수도 있어."

"내가 날개를 가져올게요." 이 모든 얘기를 신중하게 듣고 있던 젭이 말했다. "새끼 고양이가 날개가 어디 있는지 알려 준다면요."

"하지만 넌 어떻게 내려갈 수 있지?" 도로시가 놀랍다는 듯이 물었다.

대답 대신 젭은 진의 마구 끈을 하나씩 풀기 시작했다. 그리고 끈 하나를 다른 끈에 버클로 조여 연결하여 땅에 닿을 정도로 긴 가죽끈을 만들었다.

"난 기어 내려갈 수 있어, 괜찮아." 그가 말했다.

"안 돼, 그럴 수 없어." 짐이 둥근 눈을 반짝이며 말했다. "넌 '내려가는지' 모르지만, 기어 '올라갈' 수만 있는 거야."

"좋아, 그럼 돌아올 때 기어 올라올게." 소년이 웃으면서 말했다.

"자, 유레카, 날개들이 있는 곳으로 가는 길을 알려 주어야 해."

"조용히 해야 해." 새끼 고양이가 경고했다. "만약 아주 작은 소리라도 내면, 가고일들이 깨어날 거야. 그들은 핀 떨어지는 소리도 들을 수 있어."

"핀은 떨어뜨리지 않을게." 젭이 말했다.

그는 끈의 한쪽 끝을 마차 바퀴에 고정했고, 이제는 그 끈을 집의 벽 위로 늘어뜨렸다.

"조심해!" 도로시가 걱정스럽게 주의를 주었다.

"알겠어." 소년이 말했다. 그리고 가장자리 위로 미끄러져 내려갔다.

도로시와 마법사는 몸을 내밀어, 젭이 손을 옮겨 가며 조심스럽게 아래로 내려가 아래에 있는 땅에 설 때까지 지켜보았다. 유레카는 발톱으로 집의 나무 벽에 매달려 쉽게 내려갔다. 그런 다음 그들은 함께 옆집의 낮은 현관으로 기어 들어갔다.

지켜보던 사람들은 숨죽이는 긴장감 속에 소년이 다시 나타날 때까지 기다렸다. 소년은 팔에 나무 날개를 가득 안고 나타났다.

가죽끈이 매달려 있는 곳에 왔을 때, 젭은 날개들을 모두 한 다발로 끈의 끝에 묶었고, 마법사는 그것들을 끌어

올렸다. 그런 다음 가죽끈이 다시 내려오자, 젭은 그걸 잡고 올라갔다. 유레카는 재빨리 젭을 뒤따랐고, 곧 그들은 모두 함께 방에 섰는데, 여덟 개의 매우 소중한 나무 날개가 그들 옆에 있었다.

소년은 더 이상 졸리지 않고, 오히려 활기와 흥분으로 가득 찼다. 그는 마구를 다시 함께 연결하고, 짐을 마차에 맸다. 그런 다음 마법사의 도움을 받아 날개 중 일부를 말에게 달아 주려고 애썼다.

이것은 쉬운 일이 아니었다. 날개들의 경첩 중 반은 없었기 때문이었다. 나머지 반은 경첩을 사용했던 가고일의 몸에 아직 부착되어 있었다. 마법사는 다시 한번 자신의 손가방으로 갔다. 손가방에는 놀라울 정도로 다양한 잡동사니가 들어 있는 것 같았다. 그는 튼튼한 전선이 감겨 있는 틀을 꺼내 왔고, 그것을 이용해 그들은 가까스로 네 개의 날개를 짐의 마구에 단단히 고정했다. 두 개는 짐의 머리 가까이에, 두 개는 짐의 꼬리 가까이에 고정했다. 날개들은 약간 흔들거렸지만, 마구와 함께 결합되기만 하면 충분히 안전했다.

나머지 네 개의 날개는 마차의 양쪽 측면에 각각 두 개씩 부착되었다. 마차가 공중을 날아갈 때 아이들과 마법사의 무게를 견뎌 내야 하기 때문이었다.

이렇게 준비하는 데 시간이 많이 걸리지는 않았지만,

잠자는 가고일들이 깨어나 돌아다니기 시작했다. 곧 그들 중 일부는 잃어버린 날개를 찾아다닐 것이었다. 그래서 일행은 당장 감옥을 떠나기로 결정했다.

그들은 마차에 올라탔다. 도로시는 유레카를 무릎에 안전하게 품고 있었다. 도로시는 가운데 좌석에 앉았고, 젭과 마법사는 그녀 양옆에 앉았다. 모든 것이 준비되었을 때, 소년은 고삐를 흔들며 말했다.

"날아가, 짐!"

"어떤 날개를 먼저 펄럭이지?" 말이 우유부단하게 물었다.

"모두 함께 펄럭여." 마법사가 제안했다.

"날개 몇 개는 구부러져 있어." 말이 반대했다.

"신경 쓰지 마. 우리가 마차에 달린 날개로 조종할 테니까." 젭이 말했다. "그냥 얼른 출발해서 저 바위를 향해 가, 짐. 시간 낭비하지 말고."

말은 신음 소리를 내며, 네 개의 날개를 모두 함께 펄럭여 방에서 날아올랐다. 도로시는 그들의 비행이 약간 걱정스러웠다. 짐이 날개를 펄럭이며 공중에서 허우적댈 때 긴 목을 둥글게 구부리고 깡마른 다리들을 벌리는 방식이 누구라도 불안하게 만들기에 충분했기 때문이다. 더구나 그는 겁먹은 듯 신음 소리를 냈고, 날개들은 무섭게 끽끽 소리를 냈다. 마법사가 날개에 기름칠하는 걸 잊었기 때

날개를 펄럭여!

문이었다. 하지만 그들은 마차 날개 덕분에 도움을 받았으며, 처음부터 훌륭하게 날아갔다. 다만 한 가지 불평할 만한 유일한 점이라면 마치 길이 울퉁불퉁한 것처럼 공중 길이 매끄럽지 않아, 처음에는 위로 다음에는 아래로 흔들거렸다는 점이었다.

하지만 중요한 사실은 그들이 날았고, 비록 약간 평탄하지는 않았지만, 그들이 목표했던 바위를 향해 빠르게 날았다는 점이었다.

가고일 몇 명이 곧 그들을 보았고, 도망치는 포로들을 쫓기 위해 재빨리 무리를 모았다. 도로시가 뒤를 돌아보았을 때, 그들이 하늘을 뒤덮은 새까만 구름처럼 오고 있는 것이 보였다.

새끼 용들의 동굴

우리 친구들은 일찍 출발해서 속도를 유지할 수 있었다. 여덟 개의 날개로 그들은 가고일들만큼 빠르게 갈 수 있었다. 거대한 바위로 향하는 내내 나무 인간들은 그들을 뒤따랐다. 마침내 진이 동굴 입구에 내렸을 때, 추격자들은 아직 약간 멀리 떨어져 있었다.

"난 그들에게 붙잡힐까 봐 두려워." 도로시가 크게 긴장해서 말했다.

"아니야, 그들을 막아야 해." 마법사가 단언했다. "젭, 빨리 이 나무 날개들을 잡아 빼는 걸 도와줘!"

그들은 날개들을 떼어 냈다. 그것들이 더 이상 필요 없었기 때문이었다. 그리고 마법사는 날개들을 동굴 입구 밖에 쌓아 놓았다. 그런 다음 그는 그것들 위로 기름통에 남아 있던 등유를 모두 부었다. 그리고 성냥을 켜서 날개 더미에 불을 붙였다.

당장 불길이 치솟아 올랐고, 나무 가고일의 군대가 막 도착했을 때 모닥불이 연기와 함께 탁탁 소리를 내며 타오르기 시작했다. 나무 인간들은 두려움과 공포에 사로잡혀 즉시 뒤로 물러났다. 나무 나라 역사에서 불과 같이 무서운 것을 본 적이 없었기 때문이었다.

아치 형태의 입구 안쪽에는 산속에 만들어진 다른 방들로 들어가는 여러 개의 문이 있었다. 젭과 마법사는 나무 문들을 경첩에서 떼어 내 모두 불 위로 던졌다.

"저게 앞으로 얼마 동안은 방어막이 되어 줄 거야." 마법사가 말했다. 그는 작전이 성공한 것을 보고 주름진 얼굴에 온통 즐거운 미소를 지었다. "아마 불길이 저 끔찍한 나무 나라 전체에 불을 붙일 거야. 그렇게 되면 피해가 엄청날 거고, 가고일들을 결코 다시 볼 필요가 없어질 거야. 자, 애들아, 산을 탐험해 보고 이 동굴에서 탈출하려면 어느 방향으로 가야 할지 찾아보자. 동굴이 오븐처럼 뜨거워지고 있으니까 말이야."

실망스럽게도 이 산 안에는 그들이 지상으로 올라가는 데 이용할 수 있는 규칙적인 계단이 없었다. 일종의 경사진 터널이 위쪽으로 이어져 있었고, 일행은 터널 바닥이 거칠고 가파르다는 걸 발견했다. 그때 터널 방향이 갑자기 꺾이더니, 마차가 통과할 수 없는 좁은 통로에 이르렀다. 이 상황은 한동안 일행을 지연시키고 고민스럽게 했다. 마차를 뒤에 버리고 떠나기는 싫었기 때문이었다. 마차는 짐을 실을 수 있고, 길이 좋으면 타고 가기에 매우 유용했다. 그리고 마차는 그때까지 여행에 함께했기 때문에 일행은 마차를 보존하는 걸 의무라고 느꼈다. 그래서 젭과 마법사는 작업을 시작해 마차 바퀴와 지붕을 떼어 냈다. 그런 다음 그들은 마차가 가장 적은 공간을 차지할 수 있도록 모서리를 따라 옆으로 세웠다. 이런 자세로 그들은 인내심 강한 말의 도움을 받아 가까스로 마차를 좁은 통로를 통과해 끌 수 있었다. 다행스럽게도 그 통로는 그렇게 멀리 이어지지는 않았고, 길이 더 넓어졌을 때 그들은 마차를 다시 조립해서 더 편안하게 나아갔다. 하지만 길은 산속에 있는 갈라진 틈이니 깨진 틈의 연속에 불과했다. 길은 온갖 방향으로 지그재그로 이어졌고, 처음에는 위로 기울었다가 다음에는 아래로 기울어져 일행은 몇 시간 전에 출발했을 때보다 지상에 더 가까워졌는지 알 수 없어 혼란스러웠다.

"어쨌든" 도로시가 말했다. "저 무서운 거글들을 벗어났어. 그것이 '한 가지' 위안이야!"

"아마 가고일들은 아직도 불을 끄려고 애쓰고 있을 거

야." 마법사가 응답했다. "그들이 불을 끄는 데 성공하더라도 그들이 이 바위들 사이를 나는 건 매우 어려울 거야. 우린 더 이상 그들을 두려워할 필요가 없다고 확신해."

때때로 그들은 바닥에 깊게 갈라진 틈에 도착하곤 했는데, 그것은 길을 매우 위험하게 만들었다. 하지만 등잔에는 그들에게 빛을 비춰 주기에 충분한 기름이 아직 있었고, 갈라진 틈들은 그렇게 넓지 않아서 일행이 뛰어넘을 수 있었다. 때때로 일행은 흔들리는 바위 더미 위로 올라가야 했는데, 그곳에서는 짐이 마차를 거의 끌 수가 없었다. 그럴 때에는 도로시와 젭, 마법사가 모두 뒤에서 밀었고, 바퀴들을 가장 거친 곳으로 들어 올렸다. 그렇게 열심히 수고해서 그들은 그럭저럭 계속 나아갈 수 있었다. 하지만 마침내 일행이 급커브를 돌았을 때 그들은 지치기도 하고 좌절하기도 했다. 머리 위 높은 곳에 둥근 천장이 있는 동굴이 나타났기 때문이었다. 바닥은 매끄럽고 평평했다.

동굴은 둥근 원 모양이었고, 땅 가까운 곳에 있는 주변 가장자리마다 희미한 노란색 빛이 집단으로 나타났다. 노란빛은 항상 두 개씩 나란히 나타났다. 이 빛들은 처음에는 움직임이 없었지만, 곧 더 밝게 깜박이며 좌우로 다음에는 위아래로 천천히 흔들리기 시작했다.

"이곳은 어떤 곳이지?" 소년이 어둠 속을 좀 더 분명히 보려고 애쓰면서 말했다.

"하악!" 유레카가 털이 끝까지 곤두설 때까지 등을 둥글게 구부리며 으르렁거렸다. "이곳은 악어 아니면 어떤 다른 무서운 생명체의 굴이야! 너희들은 저것들의 무서운 눈이 안 보여?"

"유레카는 어둠 속에서 우리보다 더 잘 보지." 도로시가 속삭였다. "유레카, 말해 봐, 그들이 뭐처럼 보여?"

"뭐라고 묘사할 수가 없어." 새끼 고양이가 몸을 떨면서 대답했다. "저들의 눈은 파이 접시 같고, 입은 석탄통 같아. 하지만 몸이 아주 크지는 않은 것 같아."

"어디 있어?" 도로시가 물었다.

"이 동굴 구석구석에 있는 작은 구멍들 속에 있어. 오, 도로시, 저들이 얼마나 무서운지 넌 상상도 못 해! 가고일들보다 더 징그럽게 생겼어."

"쯧쯧! 네 이웃을 비난하는 건 조심하도록 해." 가까이에서 어떤 거슬리는 목소리가 말했다. "사실 너희들이 오히려 흉측하게 생긴 것들이야. 엄마는 우리가 온 세상에서 가장 사랑스럽고 예쁜 존재라고 했단 말이야."

이 말을 듣고 우리의 친구들은 소리가 나는 방향으로 고개를 돌렸고, 마법사는 등잔을 들어 암석 안에 있는 작은 구멍 하나를 비추었다.

"오, 용이다!" 그가 소리 질렀다.

"아니야." 깜박이면서 계속해서 일행을 쳐다보고 있던 커다란 노란색 눈의 주인이 대답했다. "당신이 틀렸어. 우린 언젠가 용으로 성장하고 싶어. 하지만 지금은 그냥 새끼 용에 불과해."

"그게 뭐지?" 도로시가 겁에 질려 커다란 비늘 머리, 하품하는 입과 커다란 눈을 응시하면서 물었다.

"물론 어린 용이지. 하지만 완전히 성장할 때까지는 우릴 진짜 용이라고 부를 수 없어." 돌아온 대답이었다. "큰 용들은 매우 자부심이 강해. 그리고 새끼들이 대단한 존재가 된다고 생각하지 않지. 하지만 엄마는 언젠가 우리 모두 매우 강하고 훌륭한 용이 될 거라고 말했어."

"너희 엄마는 어디에 있지?" 마법사가 걱정스럽게 둘러보며 물었다.

"엄마는 우리 저녁거리를 사냥하러 지상으로 올라갔어. 만약 운이 좋으면 엄마가 우리 배고픔을 달랠 코끼리나 코뿔소 한 쌍, 혹은 사람 몇 명을 가져올 거야."

"오, 너희는 배가 고프니?" 도로시가 물러나며 물었다.

"아주 배가 고파." 새끼 용이 턱을 부딪치며 말했다.

"그, 그리고 너희는 사람도 먹어?"

"물론이지. 사람을 잡을 수 있다면 말이야. 하지만 몇 년 동안 사람이 매우 부족해서 우리는 코끼리나 들소에 만족해야 했어." 새끼 용이 아쉽다는 듯이 대답했다.

용이다!

"넌 몇 살이야?" 매료된 것처럼 노란 눈들을 쳐다보던 젭이 물었다.

"아주 어려, 말하기에 슬프지만. 너희들이 여기서 보는 내 형제자매들은 모두 실제로 내 나이야. 내 기억이 맞다면, 우린 그저께 예순여섯 살이었어."

"하지만 그 나이는 어리지 않아!" 도로시가 놀라서 소리쳤다.

"어리지 않다고?" 새끼 용이 느리게 말했다. "내게는 아주 철부지 같은데."

"네 엄마는 몇 살이야?" 도로시가 물었다.

"엄마는 2천 살 정도야. 하지만 엄마는 몇백 년 전에 부주의하게 나이를 까먹어서 몇백 년을 건너뛰었어. 사실 엄만 약간 신경질적이야. 그리고 나이 드는 걸 두려워하셔. 아직 한참 나이에 과부가 되셔서 그런 것 같아."

"그럴 거라 생각해." 도로시가 동의했다. 그렇게 잠시 생각한 후 그녀가 물었다. "우린 친구야, 아니면 적이야? 내 말은, 우릴 잘 대해 줄 거야, 아니면 잡아먹을 작정이야?"

"그것에 대해 말하자면, 우리 새끼 용들은 너희를 먹고 싶지. 하지만 불행하게도 엄마가 우리 꼬리를 각자의 동굴 뒤에 있는 바위에 모두 묶어 놓았어. 그래서 우리는 너희를 잡으러 기어 나갈 수가 없어. 만약 너희가 좀 더 가까이 오면, 눈 깜짝할 새에 너희를 먹어 치울 거야. 하지만 그렇게 하지 않으면, 너희는 매우 안전할 거야."

새끼 용의 목소리에는 아쉬운 어조가 있었고, 그 말에 다른 새끼 용들은 모두 우울하게 한숨을 쉬었다.

도로시는 안도했다. 그리고 곧바로 그녀가 물었다.

"엄마는 왜 너희 꼬리를 묶었어?"

"오, 엄마는 때때로 몇 주 동안이나 사냥 여행을 가지. 만약 우리가 묶여 있지 않으면, 산 여기저기를 기어다니며 서로 싸우고 못된 장난을 칠 거야. 엄마는 보통 뭘 해야 하는지 알아. 하지만 이번에는 엄마가 실수한 거야. 너희가 너무 가까이 오지만 않으면, 너희는 분명 안전할 테니까. 너희는 아마 가까이 오려고 하지 않겠지."

"안 가지, 물론이야!" 도로시가 말했다. "우리는 너희 같은 끔찍한 짐승에게 먹히고 싶지 않아."

"내 말을 들어 봐." 새끼 용이 응답했다. "우리가 너희의 모욕에 분노할 수 없다는 걸 알고서 우리를 욕하다니, 너희는 상당히 무례해. 우린 우리 외모가 매우 아름답다고 생각해. 엄마가 우리에게 그렇게 말했으니까. 그리고 엄마는 그걸 알고 있어. 우린 훌륭한 가문 출신이고, 어떤 인간에게도 도전할 만한 혈통을 가지고 있단 말이야. 우리 혈통은 그 유명한 아틀란티스의 초록색 용의 시대까지 2만 년 정도를 거슬러 올라가지. 그 용은 인간이 아직 생겨나지도 않았던 시대에 살았어. 그 혈통에 맞설 수 있겠어, 꼬마 아가씨?"

"글쎄," 도로시가 말했다. "나는 캔자스에 있는 농장에서 태어났어. 그리고 그건 바위에 꼬리를 묶인 채 동굴에서 사는 것과 마찬가지로 훌륭하고 대단해. 그렇지 않더라도 어쩔 수 없지, 그뿐이야."

"각자 생각은 다르지." 새끼 용이 중얼거렸다. 그는 비늘이 있는 눈꺼풀을 노란 눈 위로 내리깔아 눈이 마치 반달처럼 보였다.

새끼 용들이 바위 구멍에서 기어 나올 수 없다는 사실에 안심한 아이들과 마법사는 이제 그들을 좀 더 자세히 관찰하는 시간을 가졌다. 새끼 용들의 머리는 술통만큼 컸으며 등잔 불빛 아래에서 밝게 반짝이는 딱딱한 초록색 비늘로 덮여 있었다. 머리 바로 뒤에서 자라는 앞다리 역시 크고 튼튼했다. 하지만 그들의 몸통은 머리보다 더 작았으며, 길게 줄어들어 꼬리는 신발 끈처럼 가늘었다. 도로시는 생각했다. 만약 그들이 이 크기로 자라는 데 66년이 걸렸다면, 그들이 자신들을 용이라고 부를 수 있으려면 100년도 넘게 걸릴 것이다. 그리고 다 자랄 때까지는 참으로 오래 기다려야 할 것 같았다.

"내 생각에는" 마법사가 말했다. "엄마 용이 돌아오기 전에 우린 이곳을 나가야 해."

"서두르지 마." 새끼 용 한 마리가 소리쳤다. "엄마는 분명히 너희와 만나는 걸 기뻐할 거야."

"그럴 수도 있지." 마법사가 대답했다. "하지만 우린 낯선 자를 사귀는 데 좀 까다롭거든. 엄마가 어떤 길로 땅 위에 올라갔는지 우리에게 말해 줄래?"

"그건 우리에게 물어볼 질문은 아니지." 또 다른 새끼 용이 단언했다. "우리가 솔직하게 말해 주면, 너희는 모두 우리에게서 달아날 거야. 그리고 만약 우리가 거짓말하면, 우리는 나쁜 짓 때문에 벌을 받을 거야."

"그렇다면" 도로시가 결정했다. "우리끼리 최선을 다해 나가는 길을 찾아야 해."

그들은 새끼 용들의 깜박이는 노란 눈에서 상당한 거리를 유지하면서 동굴 주위를 빙 돌았다. 그리고 들어왔던 입구 반대편 벽에 나가는 길이 두 개 있는 것을 발견했다. 그들은 운에 맡기고 이들 중 하나를 선택해서 최대한 빠르게 빠져나갔다. 엄마 용이 언제 돌아올지 몰랐고, 엄마 용을 만나고 싶지 않았기 때문이었다.

오즈마가
마법 벨트를 사용하다

길은 상당히 오랫동안 완만한 경사로 위쪽으로 똑바로 이어졌다. 일행은 순조롭게 나아갔기 때문에 점점 더 희망과 열망에 가득 찼다. 그들은 곧 햇빛을 볼 수 있을 거라 생각했다. 하지만 결국 그들은 예상치 않게 길을 가로막고 있는 거대한 바위에 도달했다. 바위 때문에 한 발자국도 더 나아갈 수 없었다.

이 바위는 산에 고정된 것이 아니라 움직이고 있었다. 마치 회전축 위에 있는 것처럼 천천히 돌고 있었다. 처음 일행이 그 바위에 이르렀을 때, 그들 앞에는 단단한 벽이 있었다. 하지만 곧 그 벽이 회전했고 그러자 반대편으로 이어지는 넓고 평탄한 길이 나타났다. 길이 너무나 예상치 않게 나타나서 처음에 그들은 이 길을 이용할 준비가 되어 있지 않았다. 그리고 그들이 통과해야겠다고 마음먹기 전에 바위벽은 다시 돌아가 버렸다. 하지만 일행은 빠져나갈 방법이 있다는 걸 알게 되었다. 그래서 길이 다시 나타날 때까지 참을성 있게 기다렸다.

아이들과 마법사는 움직이는 바위를 가로질러 달려가 그 너머에 있는 통로로 뛰어들었다. 그리고 약간 숨이 찼지만, 안전하게 길에 도착했다. 짐이 맨 마지막으로 왔는데, 거의 바위벽에 끼일 뻔했다. 그가 멀리 있는 통로 바닥을 향해 뛰었을 때 벽이 통로를 가로질러 회전했고, 마차 바퀴에 부딪힌 돌이 바위가 회전하는 좁은 틈으로 떨어져서 회전을 막는 쐐기 역할을 했기 때문이었다.

일행에게 우두둑 깨지는 소리, 가는 소리, 탁 부러지는 소리가 들렸고, 바위의 가장 넓은 표면이 그들이 왔던 길을 막아 버리며 회전대가 멈춰 섰다.

"신경 쓰지 마." 젭이 말했다. "어쨌든 우린 돌아가는 걸 원치 않으니까."

"난 그렇게 확신할 순 없어." 도로시가 응답했다. "엄마 용이 내려와서 이곳에서 우릴 붙잡을 수도 있어."

"가능한 얘기야." 마법사가 동의했다. "만약 여기가 엄마 용이 흔히 이용하는 길이라면 말이야. 하지만 나는 이 터널을 관찰하는 중인데, 그렇게 큰 짐승이 여기를 통과한 흔적을 찾지는 못하겠어."

"그럼 안심이에요." 도로시가 말했다. "만약 그 용이 다른 길로 갔다면, 지금 우리에게 올 수는 없을 테니까요."

"물론 그렇지. 하지만 생각해야 할 또 다른 문제가 있어. 엄마 용은 아마 지상으로 가는 길을 알고 있을 거야. 그리고 만약 그녀가 다른 길로 갔다면, 우린 잘못된 길로 온 거야." 마법사가 신중하게 말했다.

"맙소사!" 도로시가 소리쳤다. "그건 운이 나쁜 거잖아요, 그렇지 않아요?"

"매우 나쁜 거지. 이 통로도 지상으로 연결되어 있지 않다면 말이야." 젭이 말했다. "나는 여기에서 나갈 수만 있다면, 용이 다니는 길이 아니어서 기쁠 거야."

"나도 그래." 도로시가 응답했다. "저 건방진 새끼 용들이 우리 앞에서 혈통을 욕보인 걸로 충분해. 엄마 용이 무슨 짓을 할지 누가 알겠어."

그들은 또 다른 가파른 경사를 천천히 기어오르며 다시 이동을 계속했다. 등잔은 점점 희미해지고 있었고, 마법사는 남은 기름을 한쪽 등잔에서 다른 쪽 등잔으로 부었다. 한쪽 불이 더 오래 지속되게 하기 위해서였다. 하지만 그들의 여행은 거의 끝이었다. 곧 더 이상 출구가 없는 작은 동굴에 도착했기 때문이다.

그들은 처음에는 불운을 깨닫지 못했다. 그들의 가슴이 머리 위 높은 곳 동굴의 천장에 있는 갈라진 틈을 통해 새어 들어오는 햇살에 기뻐하고 있었기 때문이다. 그것은 그들의 세상, 즉 진짜 세상이 멀지 않다는 걸 의미했다. 그들이 경험했던 위험한 모험의 연속이 마침내 그들을 지상, 즉 그들의 고향 가까이에 데려왔다는 것을 의미했다. 하지만 주위를 좀 더 자세하게 살펴보았을 때, 그들은 빠져나갈 희망이 없는 견고한 감옥에 있다는 것을 깨달았다.

"하지만 우리는 다시 지상에 거의 다 왔어." 도로시가 말했다. "태양이 있어, 가장 아름답게 빛나는 태양이 있다구!" 그리고 도로시는 멀리 있는 천장의 틈을 신나게 가리켰다.

"거의 다 왔다고 해서 거기에 있는 건 아니야." 새끼 고양이가 불만족스러운 어조로 말했다. "나조차도 저 갈라진 틈으로 올라가는 건 불가능할 거야. 혹 올라가더라도 그 틈을 통과하는 건 더 어려워."

"길은 여기에서 끝나는 것 같다." 마법사가 우울하게 말했다.

"그리고 돌아갈 길도 없어요." 젭이 당혹스러운 낮은 휘파람 소리를 내며 덧붙였다.

"결국 이렇게 될 거라 생각했어." 늙은 말이 말했다. "사람들은 땅속으로 떨어졌다가 그들이 겪은 모험에 대해 말하려고 다시 돌아오지는 않아. 진짜 삶에서는 말이야. 그리고 모든 게 부자연스러웠어. 저 고양이와 내가 둘 다 인간의 언어를 말할 수 있고, 인간의 말을 이해할 수 있으니 말이야."

"아홉 마리 새끼 돼지들도 말할 수 있어." 유레카가 덧붙였다. "그들을 잊지 마. 결국 내가 그들을 먹어야 할 수도 있으니까."

"난 전에 동물들이 말하는 걸 들었어." 도로시가 말했다. "그리고 그것 때문에 어떤 불행도 생기지 않았어."

"전에도 땅속 깊은 곳, 멀리 떨어진 동굴에서 나갈 방법도 없이 갇혀 본 적이 있어?" 말이 심각하게 물었다.

"아니." 도로시가 대답했다. "하지만 용기를 잃지 마, 짐. 난 이것이 결코 우리 이야기의 끝이 아니라고 확신해."

새끼 돼지들 얘기가 나오자 마법사는 자신의 반려동물들이 최근에 운동을 하지 못했고, 호주머니 속 감옥이 지겨울 거라는 생각이 들었다. 그래서 동굴 바닥에 앉아서 새끼 돼지들을 한 마리씩 꺼내 원하는 대로 돌아다니게 했다.

"얘들아," 그가 돼지들에게 말했다. "내가 너희를 곤경에 빠지게 해서 걱정이다. 너희는 이 우울한 동굴에서 다시 나갈 수 없을 거야."

"뭐가 잘못된 거죠?" 새끼 돼지 한 마리가 물었다. "우리는 오랫동안 어둠 속에 있었으니, 무슨 일이 일어났는지 설명해 주면 좋겠어요."

그들에게 마법사는 일행에게 일어난 불행에 대해 말해 주었다.

"좋아요." 다른 새끼 돼지가 말했다. "당신은 마법사예요, 그렇죠?"

"그래." 마법사가 대답했다.

"그럼 당신은 약간의 마술을 부려서 우리를 이 구멍에서 나가게 할 수 있어요." 조그만 돼지가 매우 자신 있게 선언했다.

"내가 진짜 마법사라면 할 수 있겠지." 주인이 슬프게 응답했다. "하지만 얘들아, 난 진짜 마법사가 아니란다. 난 사기꾼 마법사야."

"말도 안 돼!" 돼지 몇 마리가 함께 소리쳤다.

"도로시에게 물어봐라." 마법사가 상처받은 투로 말했다.

"사실이야." 도로시가 진지하게 답했다. "우리 친구 오즈는 단지 사기꾼 마법사일 뿐이야. 그는 예전에 그걸 내게 증명했어. 방법을 안다면 그는 몇 가지 놀라운 일들을 할 수 있어. 하지만 도구나 장치가 없으면, 마술을 한 가지도 부릴 수 없어."

"고마워, 날 올바로 평가해 줘서." 마법사가 고맙다는 반응을 보였다. "진짜 마법사가 아닌데 진짜 마법사라는 혐의를 받게 되면, 그건 내가 순순히 받아들이지 못할 비난이지. 하지만 나는 지금까지 존재했던 가장 위대한 사기꾼 마법사 중 한 사람이야. 우리가 모두 함께 굶주리고 우리의 뼈가 이 외로운 동굴 바닥에 흩어질 때면 너희들은 이 사실을 깨닫게 될 거야."

"그런 상황에 이르면 우리가 어떤 것을 깨달을지 모르겠어요." 깊은 생각에 잠겨 있던 도로시가 말했다. "하지만 난 아직은 내 뼈를 뿌리지 않을 거예요. 난 그것들이 필요하니까요. 그리고 아저씨도 뼈가 필요할 거예요."

"우린 빠져나갈 방법이 없어." 마법사가 한숨을 쉬었다.

"우리에게는 방법이 없을 수 있어요." 도로시가 그에게 미소를 지으며 말했다. "하지만 우리가 할 수 있는 것보다 더 많은 걸 할 수 있는 다른 사람들이 있어요. 힘을 내요, 친구들. 난 오즈마가 우릴 도와줄 거라고 확신해요."

"오즈마!" 마법사가 소리 질렀다. "오즈마가 누구지?"

"경이로운 나라 오즈를 다스리는 소녀예요." 그녀의 대답이었다. "그녀는 내 친구예요. 난 그녀를 오래전에 이브의 나라에서 만났고, 그녀와 함께 오즈로 갔으니까요."

"두 번째로 간 거야?" 마법사가 큰 관심을 보이며 물었다.

"맞아요. 처음 오즈에 갔을 때, 거기서 에메랄드시를 다스리고 있는 당신을 만났죠. 당신이 열기구를 타고 올라가 우릴 떠나 버렸고, 저는 마법의 은 구두를 이용해 캔자스로 돌아왔어요."

"그 구두, 기억이 난다." 마법사가 고개를 끄덕이며 말했다. "그 구두는 한때 사악한 마녀의 것이었지. 지금 그 구두를 가지고 있니?"

"아뇨, 공중 어딘가에서 잃어버렸어요." 도로시가 설명했다. "하지만 내가 두 번째로 오즈의 나라에 갔을 때 나는 놈 왕의 마법 벨트를 차지했지요. 그 벨트는 은 구두보다 훨씬 더 강력해요."

"그 마법 벨트는 어디 있지?" 크게 흥미를 느껴 귀를 기울이던 마법사가 물었다.

"오즈마가 가지고 있어요. 벨트의 힘이 미국과 같은 평범한 나라에서는 작동하지 않으니까요. 오즈의 나라와 같은 요정 나라에서는 누구나 그걸로 어떤 일이든 할 수 있어요. 그래서 나는 그걸 내 친구 오즈마 공주에게 맡겼어요. 그녀는 나를 호주에 있는 헨리 아저씨와 함께 있게 해 주려고 벨트를 사용했어요."

"그리고, 그렇게 된 거야?" 자신이 들은 내용에 놀란 젭이 물었다.

"물론이지. 단지 한순간에. 오즈마는 자기 방에 마법의 그림을 갖고 있어. 그 그림은 그녀가 선택한 시간에 친구가 있는 곳의 광경을 보여 주지. 그녀가 할 일은 다음과 같이 말하는 것뿐이야. '난 누구누구가 뭘 하고 있는지 궁금해.' 그럼 즉시 그림이 친구가 있는 곳과 친구가 뭘 하고 있는지 보여 주지. 그게 진짜 마법이에요, 마법사 아저씨, 그렇죠? 자, 매일 4시에 오즈마는 그림 속에서 나를 보기로 약속했어. 그리고 만약 내가 도움이 필요하면 나는 그녀에게 어떤 신호를 보낼 것이고, 그럼 그녀는 놈 왕의 마법 벨트를 차고 나를 오즈에 있는 자신과 함께 있도록 소원을 빌 거야."

"그럼 오즈마 공주가 마법 그림 속에서 이 동굴을 보고, 여기 있는 우리 모두를 보고, 우리가 뭘 하고 있는지 볼 거라는 거야?" 젭이 물었다.

"물론이야, 4시가 되면." 그녀는 그의 놀란 표정에 웃으면서 대답했다.

"그리고 네가 신호를 하면 너를 오즈의 나라에 있는 그녀 자신에게 데려간다고?" 소년이 계속 물었다.

"바로 그거야, 정확해. 마법 벨트를 사용하는 거지."

"그럼," 마법사가 말했다. "도로시 넌 구원받을 거야. 난 그게 정말 기뻐. 나머지 우린 네가 우리의 슬픈 운명에서 벗어났다는 걸 알면 훨씬 더 즐겁게 죽을 거야."

"난 즐겁게 죽지 않을 거야!" 새끼 고양이가 항의했다. "죽는 건 즐거운 일이 아니야. 사람들은 고양이 목숨이 아홉 개라고 하지만, 죽어야 하는 것도 아홉 번이야."

"이미 죽어 본 적 있니?" 소년이 물었다.

"없어, 시작하고 싶지 않아." 유레카가 말했다.

"걱정하지 마, 유레카." 도로시가 말했다. "널 내 품에 안고 함께 데려갈 거야."

"우리도 데려가 줘!" 아홉 마리 새끼 돼지들이 한목소리로 외쳤다.

"아마 할 수 있을 거야." 도로시가 대답했다. "시도해 볼게."

"나를 네 품 안에 품을 순 없을까?" 말이 물었다.

도로시는 웃었다.

"그것보다 더 잘해 볼게." 그녀가 약속했다. "일단 내가 오즈의 나라에 있기만 하면, 너희 모두를 쉽게 구할 수 있을 테니까 말이야."

"어떻게?" 그들이 물었다.

"마법 벨트를 이용하는 거지. 내가 해야 할 일은 오직 너희가 나와 함께 있기를 소망하는 것뿐이야. 그럼 너희는 안전할 거야, 왕궁에서!"

"좋아!" 젭이 소리쳤다.

"내가 그 궁전을 세웠지, 에메랄드시도 말이야." 마법사가 생각에 잠긴 투로 말했다. "나는 그것들을 다시 보고 싶어. 난 먼치킨과 윙키, 쿼들링과 질리킨 들과 매우 행복했으니까 말이야."

"그들이 누구죠?" 소년이 물었다.

"오즈의 나라에 사는 네 개의 민족이야." 마법사의 대답이었다. "내가 다시 그곳에 가면 그들이 나를 잘 대해 줄지 모르겠어."

"물론 그럴 거예요!" 도로시가 단언했다. "그들은 아직도 자신들의 전 마법사를 자랑스러워하고, 종종 당신에 대해 좋게 얘기해요."

"양철 나무꾼과 허수아비는 어떻게 되었는지 알고 있니?" 그가 물었다.

"그들은 아직 오즈에 살아요." 도로시가 대답했다. "그리고 그들은 매우 중요한 사람들이에요."

"겁쟁이 사자는?"

"오, 사자도 그곳에 살아요. 친구 배고픈 호랑이와 함께. 그리고 빌리나는 캔자스보다 그곳을 더 좋아해서 나와 함께 호주로 가지 않고 그곳에 있어요."

"배고픈 호랑이와 빌리나는 잘 모르겠어." 마법사가 고개를 흔들며 말했다. "빌리나는 여자아이니?"

"아뇨, 빌리나는 노란 암탉이고 저의 친한 친구죠. 빌리나를 알게 되면 분명히 그녀를 좋아하게 될 거예요." 도로시가 주장했다.

"네 친구들은 동물들을 모아 놓은 것 같아." 젭이 불안한 듯이 말했다. "나는 오즈보다 더 안전한 곳에 갈 수 있도록 소원을 빌 수는 없어?"

"걱정하지 마." 도로시가 대답했다. "그들을 알게 되면 너도 오즈의 사람들을 좋아하게 될 거야. 지금 몇 시죠, 마법사 아저씨?"

마법사가 조끼 주머니에 가지고 다니던 커다란 은시계를 쳐다보았다.

"3시 30분이야." 그가 말했다.

"그럼 우린 30분 동안 기다려야 해." 그녀가 계속 말했다. "하지만 그 후에는 오래 걸리지 않을 거야. 우리 모두를 에메랄드시로 옮기는 것 말이야."

그들은 잠시 생각에 잠겨 조용히 앉아 있었다. 그때 짐이 갑자기 물었다.

"오즈에는 말이 있어?"

"한 마리 있어." 도로시가 대답했다. "그리고 그는 목마야."

"뭐라고?"

"목마라고. 오즈마 공주가 예전에 소년이었을 때 마법 가루로 목마에게 생명을 주었어."

"오즈마가 한때는 소년이었어?" 젭이 놀라서 물었다.

"그래, 사악한 마녀가 그녀에게 마법을 걸었지. 그녀가 왕국을 다스릴 수 없도록 말이야. 하지만 지금은 소녀야. 온 세상에서 가장 다정하고 사랑스러운 소녀라구."

오즈마, 내 신호를 봐!

"목마는 사람들이 목재를 톱질할 때 쓰는 거야." 짐이 콧방귀를 뀌며 말했다.

"살아 있지 않을 땐 그렇지." 도로시가 인정했다. "하지만 이 목마는 짐 너만큼 빠르게 달릴 수 있어. 그리고 또 매우 영리해."

"푸! 주중 언제라도 그 불쌍한 나무 당나귀와 경주를 하겠어!" 말이 소리쳤다.

도로시는 그 말에 대답하지 않았다. 나중에 짐이 목마에 대해 더 잘 알게 될 거라고 생각했다.

시계를 열심히 쳐다보는 사람들에게 시간은 매우 지루하게 흘러갔다. 마침내 마법사는 4시가 되었다고 알렸다. 도로시는 새끼 고양이를 들어 올렸고, 멀리 있는 보이지 않는 오즈마에게 서로 합의한 신호를 보내기 시작했다.

"아무 일도 일어나지 않는 것 같아." 젭이 의심스럽게 말했다.

"오, 오즈마가 마법 벨트를 찰 시간을 주어야 해." 도로시가 대답했다.

그녀가 그 말을 하자마자, 그녀는 갑자기 동굴에서 사라졌다. 그녀와 함께 새끼 고양이도 사라졌다. 어떤 종류의 소리도, 어떤 경고도 없었다. 잠깐 전 도로시는 새끼 고양이를 품에 안고 그들 옆에 앉아 있었다. 그런데 다음 순간 지하 감옥에 남아 있는 것은 말, 새끼 돼지들, 마법사와 소년뿐이었다.

"우린 곧 도로시를 따라갈 거야." 마법사가 크게 안도하는 어조로 말했다. "나는 오즈의 나라라고 불리는 요정 나라 마법에 대해 알고 있으니까. 모두 준비하자. 우린 언제라도 옮겨질 수 있어."

그는 새끼 돼지들을 다시 호주머니로 넣었고, 그런 다음 그와 젭은 마차에 들어가 기대에 부풀어 앉아 있었다.

"아플까요?" 소년이 약간 떨리는 목소리로 물었다.

"전혀." 마법사가 대답했다. "눈 깜박할 정도로 순식간에 옮겨질 거야."

바로 그런 방식으로 일은 일어났다.

말은 깜짝 놀랐고 젭은 잠든 것이 아닌지 확인하려고 눈을 비볐다. 그들은 아름다운 에메랄드시의 거리에 와 있었다. 도시는 그들의 눈을 특별히 즐겁게 하는 기분 좋은 초록빛으로 빛났고, 수많은 뛰어난 디자인의 화려한 초록색 황금색 옷들을 입은 즐거운 얼굴의 사람들이 둘러싸고 있었다.

그들 앞에는 거대한 궁전의 보석 박힌 문들이 있었는데, 이제 그들을 안뜰로 들어오라고 초대하듯이 천천히 열렸다. 안뜰에는 화려한 꽃들이 피어 있었고, 예쁜 분수가 은빛 물보라를 공중으로 쏘아 올렸다.

젭은 놀라서 멍한 상태로 말을 깨우기 위해 고삐를 흔

들었다. 사람들이 주위에 몰려들어 낯선 자들을 바라보기 시작했기 때문이다.

"이랴!" 소년이 소리쳤다. 그 말에 짐은 안뜰로 천천히 달렸고, 왕궁의 거대한 입구로 향하는 보석으로 장식된 진입로를 따라 마차를 끌었다.

옛 친구들이 다시 만나다

멋진 제복을 입은 여러 명의 하인이 새로 도착한 일행을 환영하기 위해 서 있었다. 마법사가 마차에서 나왔을 때, 초록색 가운을 입은 한 예쁜 소녀가 놀라서 소리쳤다.

"어머, 오즈다, 위대한 마법사가 다시 돌아왔어!"

마법사는 그녀를 자세히 살펴본 다음 소녀의 두 손을 잡고 진심을 다해 흔들었다.

"분명히," 그가 소리 질렀다. "어린 젤리아 잼이구나. 언제나처럼 활달하고 예쁘구나!"

"당연하죠, 마법사님!" 젤리아가 고개 숙여 절하며 말했다. "하지만 예전처럼 당신이 에메랄드시를 다스릴 수 없어서 유감이에요. 우리에겐 이제 모두가 진심으로 사랑하는 아름다운 공주님이 있으니까요."

"그리고 사람들은 그녀와 헤어지려고 하지 않을 겁니다." 총대장의 제복을 입은 키 큰 병사가 덧붙였다.

마법사는 고개를 돌려 그를 보았다.

"예전에는 초록색 수염을 기르지 않았나?" 그가 물었다.

"맞아요." 병사가 말했다. "하지만 오래전에 면도해 버렸어요. 그리고 그때 이후 저는 사병에서 국왕 군대의 총사령관이 되었지요."

"그거 잘됐군." 마법사가 말했다. "하지만 여러분, 분명히 말씀드리지만 난 에메랄드시를 다스리는 걸 원치 않아요." 그가 진지하게 덧붙였다.

"그렇다면 당신을 환영해요!" 하인들이 모두 소리쳤다. 마법사는 왕국의 신하들이 그 앞에서 절하며 보여 주는 존경심에 기뻐했다.

"도로시는 어디 있지?" 젭이 마차를 떠나 친구인 마법사 옆에 서며 걱정스럽게 물었다.

"도로시는 왕궁 독실에서 오즈마 공주님과 함께 있어요." 젤리아 잼이 대답했다. "하지만 여러분을 환영하고 여러분의 방을 보여 주라고 제게 명했어요."

소년은 놀라는 눈으로 주변을 둘러보았다. 이 궁전에

전시된 것과 같은 화려함과 부유함은 그가 꿈에서도 보지 못한 것들이었다. 그리고 눈부시게 반짝이는 모든 것이 가짜가 아니라 진짜라는 것을 좀처럼 믿을 수 없었다.

한동안은 젤리아 잼조차도 동물들을 어떻게 해야 할지 몰라서 당황했다. 초록색 소녀는 너무나 이상한 동물의 모습에 많이 놀랐다. 이 나라에는 말이 없었기 때문이다. 에메랄드시에 사는 사람들은 이상한 광경에 잘 놀라는 경향이 있었다. 그래서 말을 면밀히 살펴보고 그의 큰 눈에서 온순한 표정을 읽은 후에야, 그녀는 말을 두려워하지 않기로 마음먹었다.

"이곳에는 마구간이 없어." 마법사가 말했다. "내가 떠난 후에 만들어지지 않았다면 말이야."

"전에는 우리에게 그것들이 전혀 필요 없었어요." 젤리아가 대답했다. "목마는 왕궁의 방에서 사니까요. 목마는 당신이 데려온 이 커다란 짐승보다 훨씬 더 작은 데다 생긴 것도 더 자연스럽거든요."

"내가 별종이라는 뜻이야?" 짐이 화가 나서 물었다.

"오, 아니야." 그녀가 서둘러 말했다. "네가 온 곳에는 너 같은 짐승들이 더 많겠지만, 오즈에는 목마 외엔 어떤 말도 특이한 거야."

이 말은 짐을 약간 진정시켰다. 잠시 생각한 후에 젤리아는 말에게 궁전에 있는 방을 주기로 마음먹었다. 그렇게 큰 건물에 거의 사용하지 않는 방들이 많았기 때문이다.

젭은 짐의 마구를 풀어 주었고, 몇 명의 하인들이 말을 뒤쪽으로 안내했다. 그곳에서 그들은 그가 혼자 독차지할 수 있는 큰 방을 골라 주었다.

그런 다음 젤리아는 마법사에게 말했다.

"거대한 왕실 뒤에 있는 당신의 방은 당신이 떠난 후에 줄곧 비어 있었어요. 그 방을 다시 쓰시겠어요?"

"정말 그러고 싶다!" 마법사가 응답했다. "다시 집에 온 것 같을 거야. 나는 그 방에서 아주 오랜 세월을 살았으니까."

그는 그 방으로 가는 길을 알고 있어서, 하인 한 명이 그의 손가방을 들고 그를 뒤따랐다. 젭도 한 방으로 안내되었는데, 그 방이 너무나 크고 아름다워서 그 화려함을 흐리게 할까 봐 그는 의자에 앉거나 침대에 눕는 것이 두려울 정도였다. 옷장에서 그는 화려한 벨벳과 비단으로 만든 멋진 옷들을 여러 벌 발견했는데, 하인 중 한 명이 그에게 마음에 드는 어떤 옷이든 입고 한 시간 후에 공주님과 도로시와 함께 저녁 식사를 할 준비를 하라고 말했다.

방에는 대리석 욕조에 향기로운 물이 담긴 욕실이 있었다. 새로운 환경에 아직 정신이 멍한 소년은 실컷 목욕을 즐긴 다음 더럽고 해진 옷을 갈아입기 위해 은 단추가 달린 밤색 벨벳 옷을 골랐다. 비단 양말과 새 옷에 어울리는

정말 보고 싶었어.

다이아몬드 버클이 달린 부드러운 가죽 슬리퍼도 있었다. 그가 복장을 갖췄을 때, 젭은 그의 인생 어느 때보다 훨씬 더 위엄 있고 두드러져 보였다.

그가 모든 준비를 마쳤을 때 한 시종이 그를 공주님에게 인도하기 위해 왔다. 그는 수줍은 듯 뒤따랐고, 화려하다기보다는 우아하고 매력적인 방으로 안내되었다. 그는 도로시가 한 소녀 옆에 앉아 있는 걸 발견했다. 그 소녀가 너무 놀라울 정도로 아름다워서 젭은 숨이 멎을 정도로 감탄하며 우뚝 멈춰 섰다.

그러자 도로시가 자리에서 벌떡 일어나 친구의 손을 잡으러 달려왔다. 그리고 그를 충동적으로 아름다운 공주에게로 이끌었다. 공주님은 그녀의 손님에게 참으로 우아하게 미소를 지었다. 그런 다음 마법사가 들어왔다. 그의 등장으로 소년의 당황은 약간 누그러졌다. 마법사는 검은색 벨벳 옷을 입었는데, 가슴을 장식한 에메랄드 장식품들이 반짝이고 있었다. 하지만 그의 대머리와 주름진 얼굴은 그를 멋있게 하기보다 우스꽝스러워 보이게 만들었다.

오즈마는 줄곧, 에메랄드시를 세우고 먼치킨, 질리킨, 쿼들링 그리고 윙키 들을 한 민족으로 통합한 그 유명한 사람을 매우 만나고 싶어 했다. 그래서 네 사람이 모두 저녁 식탁에 앉았을 때 공주가 입을 열었다.

"마법사님, 당신이 이 위대한 나라의 이름을 따서 자신을 오즈라고 불렀는지, 아니면 내 나라가 당신의 이름을 따서 오즈라고 불린다고 생각하는지 말씀해 주세요. 이것은 내가 오랫동안 물어보고 싶었던 문제입니다. 당신은 이방인이고, 내 이름은 오즈마니까요. 이 수수께끼를 당신보다 더 잘 설명할 수 있는 사람은 없다고 생각해요."

"맞습니다." 마법사가 대답했다. "그러니 당신 나라와 저의 연관 관계를 설명하는 것은 제게 기쁨이 될 것입니다. 먼저 말씀드릴 것은 제가 오마하에서 태어났고, 정치가였던 제 아버지가 제 이름을 오스카 조로아스터 파드리그 이삭 노만 헨클 이매뉴얼 앙브루아즈 딕스(Oscar Zoroaster Phadrig Issac Norman Henkle Emmannuel Ambroise Diggs)라고 지었다는 겁니다. 딕스가 마지막 이름이 된 건 아버지가 더 이상 들어갈 이름을 생각할 수 없었기 때문이었죠. 이름 전체를 다 부르면, 그것은 불쌍한 아이를 짓누르는 끔찍하게 긴 이름이었어요. 내가 배운 가장 힘든 수업 중 하나가 나 자신의 이름을 기억하는 것이었어요. 내가 다 자랐을 때, 나는 나 자신을 그냥 오즈라고 불렀어요. 이름의 다른 첫 글자들은 P-I-N-H-E-A-D였어요. 이 첫 글자들을 연결하면 바보 멍청이라는 뜻을 갖게 되는데, 그건 나의 지능을 나타내는 것이었죠."

"당신이 이름을 줄였다고 누구도 당신을 비난할 수는 없어요." 오즈마가 동정하며 말했다. "하지만 너무 짧게 줄이지 않았나요?"

"그런 셈이죠." 마법사가 대답했다. "젊은이였을 때, 나는 집에서 도망쳐 서커스단에 들어갔어요. 난 나 자신을 마법사라고 부르곤 했고, 복화술 묘기를 선보이곤 했어요."

"그건 무슨 뜻이죠?" 공주가 물었다.

"내 목소리를 내가 원하는 대상물에 집어넣어, 나 대신 그 물건이 말하고 있는 것처럼 보이게 하는 거죠. 또 나는 열기구를 타고 오르는 걸 시작했어요. 내 열기구와 서커스에서 내가 사용하는 물품들 모두에 나는 두 개의 글자 O와 Z를 그렸어요. 그것들이 내 거라는 걸 알리기 위함이었죠.

어느 날 내 열기구가 멀리 날아가 사막을 가로질러 이 아름다운 나라에 나를 데려왔어요. 사람들이 하늘에서 내려오는 날 보고 당연히 나를 우월한 존재라고 생각했어요. 그리고 내 앞에서 절을 했죠. 난 그들에게 내가 마법사라고 말했고, 그들에게 몇 가지 쉬운 속임수를 보여 줬는데, 그것이 그들을 사로잡았죠. 그리고 내 열기구에 쓰인 글자들을 보고, 그들은 나를 오즈라고 불렀어요."

"이제 이해가 되는군요." 공주가 미소를 지으며 말했다.

"그때는" 마법사는 말하는 동안에도 수프를 열심히 먹으면서 계속 말했다. "이 나라에는 네 개의 독립된 나라들이 있었고, 그 나라들은 각각 한 사람의 마녀가 다스리고 있었죠. 하지만 사람들은 내 힘이 마녀들의 힘보다 더 강하다고 생각했어요. 아마도 마녀들도 그렇게 생각한 것 같아요. 그들이 감히 내게 대적하지 않았으니까요. 나는 네 나라를 모두 모서리에 두는 곳에 에메랄드시를 세우도록 명했고, 시가 완성되었을 때 나 자신을 오즈의 나라 통치자로 선언했어요. 물론 오즈의 나라는 먼치킨, 질리킨, 윙키, 그리고 쿼들링의 네 나라를 모두 포함했지요. 나는 이 나라를 여러 해 동안 평화롭게 다스렸어요. 나이가 들어 내 고향을 다시 한번 보고 싶을 때까지 말이죠. 그래서 도로시가 회오리바람 때문에 이곳에 처음 날려 왔을 때, 나는 열기구를 타고 그녀와 함께 떠나려고 계획을 세웠어요. 하지만 열기구가 너무 빨리 떠올라 버려서 나 혼자만 되돌아 왔지요. 숱한 모험을 겪은 후에 나는 오마하에 도착했는데, 내 친구들은 모두 죽거나 떠나 버렸다는 걸 알게 되었어요. 그래서 할 일이 없어진 나는 다시 서커스에 참여했고, 열기구를 타고 올라갔다가 지진을 만나게 된 거죠."

"참 대단한 이야기네요." 오즈마가 말했다. "하지만 오즈의 나라에 대해 당신은 잘 모르는 더 오래된 이야기가 있어요. 아마 아무도 당신에게 그 이야기를 해 주지 않았기 때문이겠죠. 당신이 이곳에 오기 여러 해 전에, 이 나라는 지금처럼 한 사람의 통치자 밑에 연합되어 있었어요. 그리고 그 통치자의 이름은 항상 '오즈'였어요. 오즈는 우리 언어로 '위대하고 좋은'이라는 뜻이에요. 만약 통치자가 여성이라면, 그녀의 이름은 항상 '오즈마'였어요. 하지만 어느 날 네 마녀가 연합해 왕을 폐위하고 왕국의 네 부분을 자신들이 다스리기로 합의했어요. 그래서 통치자였던 내 할아버지께서 사냥을 하고 있을 때, 몸비라는 이름의 사악한 마녀가 그분을 납치해서 삼엄한 감옥에 가두어 버렸죠. 그런 다음 마녀들은 왕국을 나누어 당신이 올 때까지 각자 다스리고 있었어요. 그것이 사람들이 당신을 보고 그렇게 기뻐했던 이유예요. 당신의 이름 첫 글자를 보고 사람들이 당신을 자신들의 정당한 통치자라고 생각했던 거지요."

"하지만 그때는" 마법사가 생각에 잠겨 말했다. "두 명의 착한 마녀와 두 명의 사악한 마녀가 다스리고 있었어요."

"맞아요." 오즈마가 대답했다. "한 착한 마녀가 북쪽에서 몸비를 정복했고, 다른 착한 마녀 글린다가 남쪽에 있는 악한 마녀를 정복했으니까요. 하지만 몸비는 여전히 내 할아버지를 감금하고 있었고, 나중에는 내 아버지를 감금했어요. 내가 태어났을 때, 그녀는 나를 소년으로 변신시켰죠. 아무도 내가 오즈 나라의 정당한 공주라는 걸 알지 못하도록 말이죠. 하지만 나는 몸비에게서 도망쳤고, 지금은 내 백성들을 통치하고 있어요."

"그렇게 되어 정말 기쁘군요." 마법사가 말했다. "공주님께서 저를 당신의 가장 충성스럽고 헌신적인 신하로 생각해 주시기 바랍니다."

"우리는 위대한 마법사에게 큰 빚을 졌어요." 공주가 계속 말했다. "이 화려한 에메랄드시를 세운 건 바로 당신이었으니까요."

"당신의 백성들이 세웠지요." 그가 대답했다. "오마하에서 흔히 말하듯이, 저는 단지 일을 감독했을 뿐입니다."

"하지만 당신은 에메랄드시를 오랫동안 현명하게 잘 다스렸어요." 그가 말했다. "그리고 사람들이 당신의 마술에 자부심을 느끼게 했어요. 당신은 이제 외국을 방랑하거나 서커스에서 일하기에는 너무 늙었으니, 나는 당신이 살아 있는 한 이곳을 고향으로 삼기를 바랍니다. 당신은 내 왕국의 공식 마법사가 될 것이고, 모든 존경과 배려를 받게 될 것입니다."

"친절하신 제안을 감사하게 받아들이겠습니다, 공주님." 마법사가 부드러운 목소리로 말했다. 일행은 모두 그의 예민한 늙은 눈에 눈물이 고인 것을 볼 수 있었다. 그에게는 이런 고향을 얻는 것이 매우 큰 의미를 갖는 것이었다.

"하지만 그는 단지 사기꾼 마법사일 뿐이에요." 도로시가 그에게 미소를 지으며 말했다.

"그건 마법사가 될 수 있는 가장 안전한 방법이지." 오즈마가 즉시 대답했다.

"오즈는 훌륭한 묘기를 보일 수 있어요. 속임수든 아니든." 이제 좀 더 편안해진 젭이 말했다.

"내일 묘기로 우리를 즐겁게 해 주세요." 공주가 말했다. "나는 도로시의 옛 친구들을 모두 불러오도록 사람을 보냈어요. 그들이 도로시를 만나 환영할 수 있도록 말이죠. 이제 곧 그들이 도착할 겁니다."

정말이지 저녁 식사가 끝나자마자, 허수아비가 달려 들어와 지푸라기를 채운 팔로 도로시를 껴안고는 그녀를 다시 만나 얼마나 기쁜지 말했다. 마법사 또한 오즈의 나라에서 중요한 인물인 허수아비에게 진심으로 환영받았다.

"당신의 뇌는 어떤가요?" 옛 친구의 부드러운 지푸라기 손을 잡으며 키 작은 사기꾼이 물었다.

"잘 작동하고 있어요." 허수아비가 말했다. "난 오즈 당신이 내게 세상에서 가장 좋은 최고의 뇌를 주었다고 확신해요. 다른 뇌들이 잠들어 있을 때도 나는 내 뇌로 밤낮으로 생각할 수 있으니까요."

"내가 이곳을 떠난 후에 얼마나 오랫동안 당신이 에메랄드시를 다스렸죠?" 이어지는 질문이었다.

"상당히 오랫동안이었죠. 진저 장군이라는 소녀가 나를

정복할 때까지였어요. 하지만 오즈마가 곧 착한 마녀 글린다의 도움으로 그녀를 정복했죠. 그리고 그 후 나는 양철 나무꾼 닉 초퍼에게 가서 살았어요."

바로 그때 밖에서 커다란 꼬꼬댁 소리가 들렸다. 하인이 공손하게 절하며 문을 열자, 노란 암탉이 뽐내며 들어왔다. 도로시는 앞으로 뛰어나가 털로 뒤덮인 암탉을 품에 안았다. 동시에 기쁨의 소리를 질렀다.

"오, 빌리나!" 그녀가 말했다. "너 정말 살찌고 매끈해졌구나!"

"왜 난 그러면 안 되니?" 암탉이 날카롭고 분명한 목소리로 물었다. "난 이 나라의 가장 비옥한 토지에서 살고 있어, 그렇지 않아요, 오즈마?"

"넌 원하는 건 모두 갖고 있지." 공주가 말했다.

빌리나의 목에는 아름다운 진주 목걸이가 걸려 있었고, 다리에는 에메랄드 발찌가 걸려 있다. 빌리나는 노오시의 무릎 위에 편안하게 자리를 잡았다. 그때 새끼 고양이가 질투에 찬 분노의 소리를 냈고 날카로운 발톱을 세우고는 빌리나를 치려고 뛰어올랐다. 하지만 도로시가 화난 고양이를 손바닥으로 세게 쳐서 고양이는 감히 할퀴지 못하고 다시 뛰어내렸다.

"너 정말 못됐구나, 유레카!" 도로시가 소리쳤다. "그게 내 친구들을 대하는 태도야?"

"너에겐 이상한 친구들이 있는 것 같아." 새끼 고양이가 퉁명하게 대답했다.

"나한테도 똑같이 느껴진다." 빌리나가 경멸하듯이 말했다. "저 기분 나쁜 고양이도 친구 중 한 명이라면 말이야."

"모두 여길 봐!" 도로시가 엄하게 말했다. "분명히 말하는데, 난 오즈의 나라에서 어떤 싸움도 용납하지 않겠어. 이곳에선 모두가 평화롭게 살고 모두를 사랑해. 그리고 빌리나와 유레카 너희 둘이 화해하고 친구가 되지 않으면, 내 마법 벨트를 차고 둘 다 당장 집으로 보내라고 소원을 빌 거야. 알겠지!"

이 위협에 유레카와 빌리나는 둘 다 크게 겁을 먹고, 온순하고 착하게 행동하겠다고 약속했다. 하지만 그 모든 것에도 불구하고, 둘이 다정한 친구가 되는 것을 보기는 어려웠다.

그리고 이제는 양철 나무꾼이 도착했다. 그의 몸은 아름답게 니켈 도금이 되어 있어서 방 안의 밝은 빛 속에서 화려하게 빛났다. 양철 나무꾼은 매우 부드럽게 도로시를 포옹했으며, 늙은 마법사의 귀환을 기쁘게 환영했다.

"마법사님," 나무꾼이 마법사에게 말했다. "예전에 제게 주셨던 훌륭한 심장에 대해 아무리 감사해도 부족합니다. 그 심장 덕분에 친구를 많이 사귀었어요. 그것은 오늘도 예전처럼 친절하고 사랑스럽게 뛰고 있어요."

"그 말을 들으니 기쁘군요." 마법사가 말했다. "나는 그 심장이 당신의 양철 몸 안에서 곰팡이가 슬지나 않았을까 걱정했어요."

"전혀 그렇지 않아요." 닉 초퍼가 응답했다. "밀폐된 제 가슴 속에 잘 보존되어 유지되고 있어요."

젭은 이 이상한 사람들에게 처음 소개되었을 때 약간 부끄러웠다. 하지만 그들이 너무 친절하고 진실해서 곧 그들을 매우 존경하게 되었다. 심지어 노란 암탉에게서도 좋은 성품을 발견했다. 하지만 다음 방문자가 알려졌을 때, 그는 다시 불안해졌다.

"이분은" 오즈마 공주가 말했다. "내 친구 H. M. 워글 벌레 T. E.입니다. 그는 내가 큰 어려움에 처했을 때 나를 도와주었고, 지금은 왕립예술체육대학의 학장이지요."

"아," 마법사가 말했다. "이렇게 특별한 분을 만나게 되어 기쁩니다."

"H. M.은" 워글 벌레가 오만하게 말했다. "크게 확대되었다는 뜻입니다. 그리고 T. E.는 완벽하게 교육받았다는 뜻이지요. 사실 저는 매우 큰 벌레이고, 의심할 바 없이 이 넓은 영토 전체에서 가장 지적인 존재이지요."

"정말 잘 꾸미시는군요." 마법사가 말했다. "하지만 저는 당신의 말을 조금도 의심하지 않습니다."

"아무도 그것을 의심하지 않습니다." 워글 벌레가 대답했다. 그리고 이 이상한 곤충은 호주머니에서 책을 한 권 꺼내 읽으려고, 모인 사람들에게서 등을 돌려 구석에 앉았다.

아무도 이 무례함을 신경 쓰지 않았다. 그것은 덜 철저하게 교육받은 사람에게는 더 무례하게 보일 수도 있었다. 그래서 그들은 곧바로 그를 잊고, 취침 시간까지 모두를 즐겁게 하는 즐거운 대화에 빠져들었다.

마차 끄는 말, 짐

 마차 끄는 말, 짐은 자신이 초록색 대리석 바닥과 대리석을 깎은 벽면이 있는 커다란 방을 차지하고 있다는 것을 알게 되었다. 그 방의 모습은 너무 장엄해서 누구라도 경외심을 갖게 했을 것이다. 짐은 이것을 단순히 사소한 것으로 받아들였다. 짐의 명령에 따라 하인들은 그의 몸을 잘 닦아 주었고, 갈기와 꼬리를 빗질해 주었으며, 발굽과 관절을 씻어 주었다. 그런 다음 하인들은 그에게 저녁 식사가 곧 제공될 것이라 말했고, 그는 식사는 빠를수록 더 편리하다고 대답했다. 먼저 그들은 그에게 김이 나는 수프가 담긴 그릇을 가져왔다. 말은 당황스럽게 그것을 쳐다보았다.

"당장 치워 버려!" 그가 명령했다. "너희들은 나를 도롱뇽으로 생각하는 거야?"

그들은 즉시 복종했고, 다음에는 은 쟁반 위에 소스를 뿌린 커다란 생선을 얹어 대령했다.

"생선!" 짐이 콧방귀를 뀌면서 소리쳤다. "너희는 나를 수고양이로 생각하는 거야? 가지고 꺼져 버려!"

하인들은 약간 실망했지만, 토스트 위에 올린 잘 구운 메추라기 스물네 마리를 커다란 쟁반에 담아서 가져왔다.

"이런, 이런!" 말이 이제는 완전히 화가 나서 말했다. "너희는 나를 족제비로 생각하는 거야? 오즈의 나라에 사는 너희들은 정말 멍청하고 무지하구나. 정말 끔찍한 것들을 먹고 사는군! 이 궁전에는 제대로 된 먹을 것이 없단 말이냐?"

겁이 난 하인들은 왕궁 집사를 부르러 보냈다. 집사가 급하게 와서 말했다.

"높으신 분께선 저녁 식사로 무엇을 원하십니까?"

"높다고!" 그러한 호칭에 익숙하지 않은 짐이 말을 따라 했다.

"나리께선 적어도 6피트 정도로 높으시니, 이 나라의 어떤 다른 동물들보다 더 높으십니다." 집사가 말했다.

"좋아, 나는 귀리를 먹고 싶다." 말이 선언했다.

"귀리? 우리에겐 온전한 귀리는 없습니다." 집사가 존경심을 표하면서 말했다. "하지만 우리가 흔히 아침 식사로 요리하는 귀리죽은 있습니다. 귀리죽은 아침 식사입니다." 집사가 겸손하게 덧붙였다.

"나는 그걸 저녁 식사로 먹겠다." 짐이 말했다. "그걸 가져와, 하지만 목숨이 아깝다면, 그걸 요리하지는 마."

여러분도 보다시피 마차 끄는 늙은 말이 받은 존경은 그를 약간 거만하게 만들었고, 자신이 손님인 것을 잊게 했다. 태어난 이후로 오즈의 나라에 도착할 때까지, 그는 하인 이상의 대우를 받아 본 적이 없었기 때문이었다. 하지만 왕실 하인들은 그 동물의 나쁜 성질에 신경 쓰지 않았다. 그들은 곧 귀리 한 통을 약간의 물과 섞어 주었고, 짐은 그것을 아주 맛있게 먹었다.

그런 다음 하인들은 바닥에 양탄자를 여러 겹 깔았고, 늙은 말은 그의 생애에서 가장 푹신한 침대에서 잠을 잤다.

아침에 날이 밝자마자, 그는 산책을 나가 아침 식사로 먹을 풀을 찾아보기로 결심했다. 그래서 출입구의 멋진 아치를 통과해 조용히 걸어가 궁전의 모퉁이를 돌았다. 그곳에선 모두 잠이 든 것 같았다. 그러다 목마와 마주쳤다.

짐은 깜짝 놀라서 갑자기 멈췄다. 목마도 동시에 멈춰서 이상하게 튀어나온 눈으로 상대방을 쳐다보았다. 목마의 눈은 목마의 몸을 이루고 있는 통나무에 있는 옹이였다. 목마의 다리는 통나무에 뚫린 구멍 속으로 밀어 넣은 네 개의 막대기였다. 꼬리는 우연히 남겨진 작은 가지였고, 입은 약간 튀어나와 머리 역할을 하는 몸통의 한쪽 끝에 잘린 부분이었다. 나무 다리들 끝에는 단단한 황금 편자가 신겨 있었고, 반짝이는 다이아몬드로 장식된 빨간색 가죽으로 만든 오즈마 공주의 안장이 엉성한 몸통에 매여 있었다.

짐의 눈은 목마의 눈만큼이나 많이 튀어나왔고, 귀를 꼿꼿이 세우고 기다란 머리는 뒤로 젖힌 채 구부러진 목에 기댔다.

이런 웃기는 자세로 두 마리 말은 한동안 천천히 서로의 주위를 돌았다. 둘 모두 지금 처음으로 보는 상대가 어떤 존재인지 알 수가 없었기 때문이었다. 그때 짐이 소리쳤다.

"도대체, 넌 어떤 놈이냐?"

"나는 목마다." 상대가 대답했다.

"오, 너에 대해 들은 적이 있다." 말이 말했다. "하지만 너는 내가 기대했던 것과는 전혀 달라."

"그럴 거야." 목마가 자랑스럽게 말했다. "나는 아주 특별한 존재로 여겨지거든."

"정말 그렇구나. 하지만 너처럼 나무로 만든 허약한 것은 살아 있을 권리가 없어."

도대체 넌 뭐냐?

"나도 어쩔 수 없었어." 상대방이 오히려 풀 죽어서 대답했다. "오즈마가 내게 마법 가루를 뿌렸고, 난 살아야만 했어. 난 내가 그다지 가치가 있지 않다는 걸 알아. 하지만 난 오즈의 나라에서 유일한 말이야. 그래서 그들이 나를 매우 존중해 주지."

"네가, 말이라구!"

"오, 물론 진짜 말은 아니야. 이곳에 진짜 말은 없어. 하지만 난 말을 멋지게 모방한 존재라구."

짐이 위엄 있게 히힝 소리를 냈다.

"날 봐라!" 그가 소리쳤다. "진짜 말을 보라구!"

목마는 깜짝 놀랐고, 다음 순간 상대방을 열심히 관찰했다.

"네가 진짜 말인 게 가능해?" 목마가 중얼거렸다.

"가능할 뿐만 아니라 사실이야." 자신이 일으킨 충격에 만족한 짐이 대답했다. "그건 나의 멋진 특징들로 증명이 되지. 예를 들어, 내 꼬리의 긴 털을 봐. 그걸로 나는 파리들을 털어 버릴 수 있어."

"파리들은 절대 날 괴롭히지 않아." 목마가 말했다.

"그리고 내 튼튼한 이빨을 봐. 이 이빨로 나는 풀을 뜯어 먹는다."

"난 먹는 게 필요하지 않아." 목마가 말했다.

"또 내 넓은 가슴을 좀 봐. 이 가슴은 내가 심호흡을 할 수 있게 해 주지." 짐이 자랑스럽게 말했다.

"나는 숨을 쉴 필요가 없어." 상대방이 대꾸했다.

"아니, 넌 많은 즐거움을 놓치는 거야." 마차 끄는 말이 불쌍하다는 듯이 말했다. "넌 너를 물어뜯은 파리를 쓸어버리는 편안함을 몰라. 또 맛있는 음식을 먹는 기쁨, 신선하고 깨끗한 공기를 길게 들이마시는 만족감을 몰라. 넌 말의 모방품일 수는 있지만, 정말 불쌍한 존재야."

"오, 난 너처럼 되기를 희망할 순 없어." 목마가 한숨을 쉬었다. "하지만 마침내 진짜 말을 만나게 돼서 기뻐. 넌 분명히 내가 지금까지 본 것 중 가장 아름다운 존재야."

이 칭찬이 짐의 마음을 완벽하게 사로잡았다. 아름답다고 불린 것은 그의 생애 처음이었다. 그가 말했다.

"친구여, 너의 가장 큰 단점은 나무로 만들어졌다는 거야. 그건 네가 어쩔 수 없다고 생각해. 나와 같은 진짜 말들은 살과 피아 뼈로 이루이저 있어."

"난 그 뼈들을 잘 볼 수 있어." 목마가 대답했다. "정말 훌륭하고 특별해. 또 살도 볼 수 있어. 하지만 피는 내부에 숨겨져 있는 것 같아."

"바로 맞았어!" 짐이 말했다.

"피는 어떤 점이 좋은 거야?" 목마가 물었다.

짐은 알지 못했지만, 그걸 목마에게 말하고 싶지 않았다.

"만약 뭔가가 나를 베면," 그가 대답했다. "내가 어디가 베였는지 보여 주기 위해 피가 흘러나와. 불쌍한 너는 다쳤을 때 피를 흘릴 수조차 없겠구나."

"하지만 나는 절대 다치지 않아." 목마가 말했다. "때때로 약간 부서지긴 하지만, 쉽게 수리되어서 다시 정상이 되지. 그리고 나는 부러져도 부러진 부위가 전혀 느껴지지 않아."

짐은 목마가 고통을 느낄 수 없다는 것을 거의 부러워할 뻔했다. 하지만 목마가 터무니없게 부자연스러워 그는 어떤 상황에서도 목마와 자리를 바꾸지 않겠다고 결심했다.

"넌 어떻게 황금 편자를 신게 된 거야?" 그가 물었다.

"오즈마 공주가 그렇게 했어." 목마의 답변이었다. "그게 내 다리가 닳지 않도록 해 주지. 오즈마와 나는 함께 많은 모험을 했어. 그리고 그녀는 나를 좋아해."

그 말에 막 대답을 하려던 짐은 갑자기 놀라 두려움에 가득 찬 히힝 소리를 내며 몸을 나뭇잎처럼 떨었다. 두 마리의 거대한 야만적인 짐승이 모퉁이를 돌아 나타났기 때문이었다. 그들은 너무나 가볍게 걸어서 말이 그들의 존재를 알아채기도 전에 말 앞에 나타났다. 짐은 몸을 피하려고 길 아래로 내달렸다. 그때 목마가 소리쳤다.

"멈춰, 형제여! 멈춰, 진짜 말이여! 이들은 친구들이야.

너에게 해를 끼치지 않을 거야."

짐은 공포에 질려 짐승들을 바라보며 망설였다. 한 마리는 맑고 지적인 눈, 텁수룩하고 잘 다듬어진 황갈색 갈기와 노란색 비단 같은 매끄러운 몸을 지닌 거대한 사자였다. 또 다른 한 마리는 유연한 몸 주변에 자주색 줄무늬가 있고, 힘센 팔다리와 반쯤 감긴 눈꺼풀을 통해 드러나는 불붙은 석탄 같은 눈을 가진 커다란 호랑이였다. 숲과 정글의 왕들이 보여 주는 웅장한 모습은 가장 용감한 심장을 가진 자도 두렵게 하기에 충분했다. 따라서 짐이 이들과 맞서는 걸 두려워한 것은 당연한 일이었다.

하지만 목마는 차분한 어조로 낯선 자를 이렇게 소개했다.

"고귀한 말이여, 이쪽은 내 친구 겁쟁이 사자야. 숲속의 용맹한 왕이지만, 동시에 오즈마 공주의 충성스러운 신하지. 그리고 이쪽은 정글에서 공포의 대상인 배고픈 호랑이야. 그는 살찐 아기들이 먹고 싶었지만, 양심 때문에 그러지 못했어. 이 왕실 짐승들은 둘 다 도로시의 다정한 친구들이고, 그녀가 우리 나라에 온 것을 환영하려고 오늘 아침에 에메랄드시에 온 거야."

이 말을 듣고, 짐은 경계심을 풀기로 결심했다. 그는 야만스럽게 보이는 짐승들을 향해 그가 할 수 있는 최고의 위엄을 갖추고 고개를 숙였다. 짐승들은 답례로 친근하게 고개를 끄덕였다.

"진짜 말은 아름다운 동물이지 않아?" 목마가 감탄하듯이 물었다.

"그건 당연히 취향의 문제야." 사자가 응답했다. "숲속에서는 그가 볼품없게 보일 거야. 얼굴은 삐죽하고, 목은 불필요하게 길기 때문이야. 내가 보기에 그의 관절은 부어 있고 너무 튀어나와 있어. 그리고 몸에 살이 없고 늙었어."

"그리고 너무 억세." 배고픈 호랑이가 슬픈 목소리로 덧붙였다. "내 양심은 진짜 말 같은 억세고 질긴 음식을 먹게 하진 않을 거야."

"그 말을 들으니 기쁘군." 짐이 말했다. "나도 양심이 있는데, 내 양심은 나의 강력한 뒷발질로 너의 머리통을 박살 내지 말라고 하는군."

만약 짐이 그런 말로 줄무늬 짐승을 겁주려고 했다면, 그는 실수한 것이었다. 호랑이는 미소 짓는 것처럼 보였고, 한쪽 눈을 천천히 감았다.

"넌 훌륭한 양심을 갖고 있구나, 말 친구." 호랑이가 말했다. "만약 네가 양심의 가르침에 따른다면, 널 위험에서 보호하는 데 많은 도움이 될 거야. 언젠가 네가 내 머리를 박살 내게 해 줄게. 그리고 그때가 되면 너는 호랑이에 대해 지금 알고 있는 것보다 더 많이 알게 될 거야."

안…녕?

"도로시의 친구라면 누구든지" 겁쟁이 사자가 말했다. "우리 친구이기도 해. 그러니 머리를 박살 내는 것 같은 이런 얘기는 그만두고, 더 즐거운 주제에 관해 대화하자. 아침 식사는 했소, 말 선생?"

"아직이오." 짐이 대답했다. "하지만 여기 훌륭한 토끼풀이 많이 있으니, 날 이해해 준다면 지금 먹겠소."

"그는 채식주의자군." 말이 토끼풀을 우적우적 먹기 시작했을 때 호랑이가 말했다. "만약 풀을 먹을 수 있다면, 난 양심이 필요 없을 거야. 아기나 새끼 양을 먹으라고 유혹하는 것이 없을 테니까 말이야."

바로 그때 일찍 일어나서 동물들의 목소리를 들은 도로시가 옛 친구들을 맞이하기 위해 달려 나왔다. 그녀는 기쁨에 넘쳐 사자와 호랑이를 둘 다 껴안았다. 하지만 배고픈 친구보다는 동물의 왕을 더 많이 사랑하는 것 같았다. 겁쟁이 사자를 더 오래 알아 왔기 때문이었다.

그들은 재미있는 대화에 빠져들었고, 도로시는 그들에게 무서운 지진과 그녀가 겪은 최근의 모험에 대해 모두 얘기해 주었다. 이때 궁전으로부터 아침 식사 종소리가 울려왔고, 도로시는 인간 친구들과 만나기 위해 안으로 들어갔다. 그녀가 커다란 홀에 들어가자, 어떤 목소리가 상당히 거친 어조로 외쳤다.

"뭐야! 네가 다시 이곳에 왔어?"

"그래, 맞아." 도로시는 목소리가 어디서 나오는지 알기 위해 사방을 둘러보며 대답했다.

"무슨 일 때문에 온 거야?" 다음 질문이었다. 도로시의 눈길은 벽난로 바로 위 벽에 걸려 있는 뿔 달린 머리에 이르렀고, 그 머리에서 움직이고 있는 입술을 발견했다.

"어머나!" 도로시가 소리쳤다. "난 네가 박제되었다고 생각했어."

"맞아." 머리가 대답했다. "하지만 한때는 오즈마가 생명 가루를 뿌린 검프의 일부였지. 그때 난 한동안 이제껏 존재했다고 알려진 것 중 가장 멋진 비행체의 머리였어. 그리고 우린 멋진 일을 많이 했지. 나중에 검프는 해체되었고, 난 이 벽에 다시 걸렸어. 하지만 아직도 기분이 내키면, 난 말을 할 수 있어. 물론 자주는 아니지만."

"정말 이상해." 도로시가 말했다. "넌 처음에 살아 있을 땐 뭐였어?"

"그건 잊어버렸어." 검프의 머리가 대답했다. "그리고 나는 그게 그다지 중요하다고 생각하지 않아. 그런데 오즈마가 이리로 오는군. 그러니 입을 다무는 게 좋겠다. 이름을 팁에서 오즈마로 바꾼 이후로 공주님은 내가 잡담하는 걸 좋아하지 않아."

바로 그때 오즈의 여성 통치자가 문을 열고 도로시에게 입맞춤으로 아침 인사를 했다. 어린 공주는 생기 있고, 혈색이 밝았으며, 기분이 좋은 것 같았다.

"아침 식사가 준비되었어, 도로시." 그녀가 말했다. "그리고 난 배가 고파. 단 1분도 기다리게 하지 말자."

아홉 마리 새끼 돼지들

아침 식사 후에 오즈마는 방문객들에게 경의를 표하기 위해 에메랄드시 전체에 그날을 축제일로 지내도록 선포했다. 사람들은 예전의 마법사가 그들에게 돌아온 것을 알게 되었고, 모두 그를 다시 보고 싶어 했다. 그는 항상 가장 인기 있는 인물이었기 때문이었다. 그래서 먼저 거리를 행진하는 대규모 행렬이 예정되었다. 그 후에 늙은 마법사는 궁전의 커다란 왕실에서 자신의 마술 일부를 공연하도록 요청받았다. 오후에는 게임과 경주가 있을 예정이었다.

행렬은 매우 웅장했다. 제일 먼저 오즈의 왕실 코넷 악단이 등장했다. 그들은 연두색 공단 소매와 커다란 에메랄드 단추가 달린 에메랄드 벨벳 제복을 입고 있었다. 그들은 〈오즈가 새겨진 깃발〉이라고 불리는 국가를 연주했고, 그들 뒤에는 왕국 깃발을 운반하는 사람들이 있었다. 이 깃발은 네 부분으로 나뉘어 있었는데, 한쪽 면은 하늘색이고, 또 다른 쪽 면은 분홍색, 세 번째 면은 라벤더색, 네 번째는 흰색이었다. 가운데에는 커다란 에메랄드빛 초록색 별이 있었고, 네 부분 전체에 햇빛 속에서 아름답게 반짝이는 장식들이 수놓여 있었다. 그 색깔들은 오즈의 네 나라를 나타냈으며, 초록색 별은 에메랄드시를 나타냈다.

이 왕국 깃발을 운반하는 사람들 바로 뒤에 오즈마 공주가 왕실 마차를 타고 왔다. 마차는 정교한 디자인으로 장식된 에메랄드와 다이아몬드로 덮인 황금 마차였다. 마차는 겁쟁이 사자와 배고픈 호랑이가 끌고 있었고, 이들은 커다란 분홍색과 파란색 나비넥타이로 장식되어 있었다. 마차에는 오즈마와 도로시가 타고 있었는데, 오즈마는 화려한 옷을 입고 왕관을 쓰고 있었으며, 캔자스 소녀는 예전에 놈 왕으로부터 빼앗은 마법 벨트를 허리에 차고 있었다.

이 마차를 뒤따라 허수아비가 목마를 타고 왔는데, 사람들은 그들의 사랑스러운 통치자에게 했던 만큼이나 큰 소리로 그를 환호했다. 허수아비 뒤에는 그 유명한 기계 인간 틱톡이 규칙적이고 덜컥거리는 걸음으로 의젓하게 걸었다. 이때를 위해 도로시가 그의 태엽을 감아 주었다. 틱톡은 태엽 장치로 움직였고, 온통 반질반질한 구리로 만들어져 있었다. 그는 정말 도로시를 주인으로 모셨다. 도로시는 태엽이 제대로 감겨 작동한 후에 그가 하는 생각을 크게 존중했다. 하지만 구리 인간은 요정의 나라가 아닌 다른 나라에서는 쓸모가 없을 것이기 때문에, 도로시는 그를 오즈마에게 맡겼다. 오즈마는 그가 적절한 보살핌을 받는 것을 알고 있었다.

그다음에는 또 다른 악단이 뒤따랐다. 그 악단은 왕립 궁중 악단으로 불렸다. 악단 구성원이 모두 궁전에서 살았기 때문이다. 그들은 진짜 다이아몬드가 달린 흰색 제복을 입었으며, 〈오즈마 없는 오즈는 무엇인가〉를 매우 아름답게 연주했다.

그다음에는 워글 벌레 교수가 왕립예술체육대학 학생들과 함께 왔다. 소년들은 길게 머리를 길렀고, 줄무늬 스웨터를 입고 두 걸음마다 대학의 구호를 외쳤다. 그것은 대중을 매우 기쁘게 했는데, 그들의 폐가 튼튼하다는 증거였기 때문이다.

다음으로 반질반질하게 광택을 낸 양철 나무꾼이 행진했는데, 장군부터 대위에 이르기까지 스물여덟 명으로 구성된 오즈의 왕실 군대 맨 앞에 있었다. 군대에는 사병이 한 명도 없었다. 모두가 너무 용맹하고 탁월해서 한 명씩 승진해 사병이 남지 않게 되었기 때문이다.

짐과 마차가 그 뒤를 이었는데, 젭이 말을 몰고 마법사는 좌석에서 일어서서 자신의 주위에 모여든 사람들의 환호에 대한 답례로 오른쪽 왼쪽으로 대머리를 숙여 인사했다.

    전체적으로 보았을 때 행진은 대성공이었다. 그리고 행렬이 다시 궁전으로 돌아오자 시민들은 마법사가 보여 주는 마술을 보기 위해 거대한 왕실로 모여들었다.

    마법사가 행한 첫 마술은 자신의 모자 밑에서 하얀 새끼 돼지 한 마리를 꺼내어 잡아당기는 척해서 둘로 만드는 것이었다. 그는 이 행동을 아홉 마리 새끼 돼지가 모두 나타날 때까지 반복했다. 새끼 돼지들은 그의 호주머니에서 나오는 것이 너무 기뻐 매우 활발하게 돌아다녔다. 그 예쁜 작은 생명체들은 어느 곳에서도 신기했을 것이다. 사람들은 돼지들의 등장에 마법사가 기대했던 이상으로 놀라고 기뻐했다. 그가 새끼 돼지들을 모두 다시 사라지게 했을 때, 오즈마 공주는 그들이 사라져서 아쉽다고 말했다. 그들 중 한 마리를 쓰다듬으며 함께 놀고 싶었기 때문이다. 그래서 마법사는 새끼 돼지 한 마리를 공주의 머리에서 꺼내는 척했다(물론 실제로는 새끼 돼지를 자신의 안쪽 호주머니에서 몰래 꺼냈다). 오즈마는 새끼 돼지가 자신의 품 안에 기분 좋게 안겼을 때 기쁘게 미소 지었다. 그리고 새끼 돼지의 뚱뚱한 목에 에메랄드 목걸이를 걸어 주고, 그녀 자신의 기쁨을 위해 새끼 돼지를 항상 가까이 두겠다고 약속했다.

    그 후로 마법사는 그의 유명한 마술을 여덟 마리 새끼

공주님 머리에도 한 마리가 있네요!

돼지를 가지고 행했다. 하지만 아홉 마리로 했을 때와 마찬가지로 사람들을 기쁘게 했다.

왕실 뒤에 있는 그의 작은 방에서 마법사는 자신이 열기구를 타고 떠났을 때 뒤에 남겨 놓았던 많은 것들을 발견했다. 그가 없는 동안 아무도 그 방을 차지하지 않았기 때문이었다. 거기에는 그가 서커스단의 마술사들에게서 배운 몇 가지 새로운 마술을 할 수 있는 충분한 재료가 있었다. 그는 그것들을 준비하느라 밤을 보냈다. 그래서 그는 아홉 마리 새끼 돼지 마술에 뒤이어 관객을 크게 기쁘게 할 몇 가지 놀라운 다른 묘기들을 보여 주었다. 사람들은 그가 자신들을 즐겁게 해 주는 한, 그가 사기꾼 마법사인지 아닌지는 조금도 신경 쓰지 않는 것 같았다. 그들은 그의 모든 마술에 박수갈채를 보냈으며, 공연이 끝나자 그에게 자신들을 다시 떠나지 말라고 진정으로 간청했다.

"그렇다면" 마법사가 엄숙하게 말했다. "저는 유럽과 미국의 왕족들 앞에서 한 저의 모든 약속을 취소하고 오즈의 국민에게 헌신하겠습니다. 저는 여러분을 너무 사랑해서 여러분의 부탁을 거절할 수가 없습니다."

이 약속을 듣고 사람들이 물러간 후에, 우리의 친구들은 궁전에서 오즈마 공주와 함께하는 훌륭한 점심에 참여했다. 그곳에서는 호랑이와 사자도 호화롭게 식사를 했고, 짐은 루비, 사파이어와 다이아몬드가 박힌 일곱 개의 줄이 테두리에 있는 황금 그릇에 담긴 귀리죽을 먹었다.

오후에는 모두 여러 경기가 열리는 성문 밖의 넓은 들판으로 갔다. 그곳에는 오즈마와 그녀의 손님들을 위한 아름다운 천막이 있었다. 그들은 천막 아래에 앉아 사람들이 경주하고, 높이 뛰고, 씨름하는 것을 볼 수 있었다. 그렇게 특별한 손님들이 지켜보고 있기에, 오즈의 사람들이 최선을 다했을 것을 여러분은 확신할 수 있으리라. 마지막으로 젭이 챔피언처럼 보이는 한 작은 먼치킨에게 씨름을 제안했다. 겉보기에 그 먼치킨은 젭보다 두 배는 나이 들어 보였다. 길고 뾰족한 수염을 길렀고 끝이 뾰족한 모자를 썼기 때문이었다. 모자 테두리에는 작은 종들이 달려 있었고, 그가 움직일 때 신나게 딸랑딸랑 소리를 냈다. 비록 먼치킨은 젭의 어깨 정도에 올 정도로밖에 키가 크지 않았지만, 너무 힘이 세고 영리해서 아주 쉽게 젭을 세 번이나 쓰러뜨렸다.

젭은 자신의 패배에 크게 놀랐다. 예쁜 공주도 백성들과 함께 자신을 보고 웃는 데 동참하자, 그는 먼치킨에게 권투 시합을 제안했다. 그 제안에 키 작은 먼치킨은 기꺼이 동의했다. 하지만 젭이 처음으로 그의 귀를 예리하게 한 방 때렸을 때, 먼치킨은 바닥에 주저앉아 울음을 터뜨렸고 눈물이 수염을 타고 흘러내렸다. 아팠기 때문이었다. 이 모습을 보고 이번에는 젭이 웃었다. 오즈마가 울고 있는 먼치킨을 보면서 자신에게 한 것처럼 즐겁게 웃는 것을 보자 그는 기분이 나아졌다.

바로 그때 허수아비가 목마와 마차 끄는 말이 경주를 하도록 제안했다. 다른 사람들이 모두 그 제안에 기뻐했지만, 목마는 뒤로 물러나며 말했다.

"그런 경주는 공정하지 않을 거야."

"물론이지." 짐이 경멸스럽게 덧붙였다. "너의 짧은 나무 다리들은 내 다리의 절반도 안 돼."

"그게 아니야." 목마가 겸손하게 말했다. "난 지치지 않지만, 넌 지친다구."

"흥!" 짐이 경멸스럽게 상대방을 쳐다보며 소리쳤. "한순간이라도 너처럼 조잡한 가짜 말이 나만큼 빨리 달릴 수 있다고 생각하는 거야?"

"잘 모르겠지만, 그건 분명해." 목마가 대답했다.

"그게 바로 우리가 알아내려고 하는 거야." 허수아비가 말했다. "경주의 목적은 누가 이길 수 있는지 보는 거야. 적어도 그게 내 탁월한 뇌가 생각하는 점이야."

"예전에 내가 젊었을 때," 짐이 말했다. "나는 경주마였어. 감히 나에게 맞서 달리는 말들을 모두 이겼지. 난 켄터키에서 태어났다구. 그곳은 가장 훌륭하고 혈통 좋은 말들이 나오는 곳이야."

"하지만 넌 이제 늙었어, 짐." 젭이 말했다.

"늙었다고! 아니, 오늘 난 망아지처럼 기운이 넘쳐." 짐이 대답했다. "난 이곳에 나와 경주할 진짜 말이 있기를 바랄 뿐이야. 사람들에게 멋진 광경을 보여 줄 텐데. 그건 분명해."

"그럼 왜 목마와 경주하지 않는 거야?" 허수아비가 물었다.

"그가 두려워하잖아." 짐이 말했다.

"오, 아니야." 목마가 대답했다. "난 공정하지 않다고 말했을 뿐이야. 하지만 만약 내 친구 진짜 말이 기꺼이 경주하겠다면, 난 완전히 준비되어 있어."

그래서 그들은 짐의 마구를 풀고, 목마의 안장을 떼어 냈다. 그리고 이상하게 맞붙은 두 동물은 나란히 서서 출발을 기다렸다.

"내가 '출발'이라고 외치면" 젭이 그들에게 소리쳤다. "너희는 날쌔게 출발해서 저기 보이는 세 그루의 나무에 도달할 때까지 달려야 해. 그런 다음 나무들을 빙 돌아서 다시 돌아오는 거야. 공주님이 앉아 있는 곳을 먼저 통과하는 자가 승리하는 거야. 준비됐어?"

"저 나무로 만든 멍청이에게 먼저 출발할 기회를 주어야 할 것 같은데." 짐이 툴툴거렸다.

"그런 걱정은 하지 마." 목마가 말했다. "난 최선을 다할 거야."

"출발!" 젭이 소리쳤다. 그 말에 두 말은 앞으로 뛰어나 갔고, 경주는 시작되었다.

짐의 커다란 발굽이 엄청난 속도로 치고 나갔다. 비록 아주 우아하게 보이지는 않았지만, 그는 켄터키 혈통을 입증할 정도로 달렸다. 하지만 목마는 바람보다 더 빨랐다. 목마의 나무 다리들은 너무 빨리 움직여 그 경쾌한 움직임이 거의 보이지 않을 정도였다. 마차 끄는 말보다 훨씬 더 작긴 했지만, 목마는 훨씬 더 빠르게 달렸다. 나무들에 도달하기 전에 목마는 훨씬 앞서 있었고, 출발점으로 되돌아왔다. 그래서 짐이 헐떡거리며 공주와 친구들이 앉아 있는 천막에 도착하기도 전에, 목마는 오즈 사람들에게 힘차게 환호를 받고 있었다.

나는 짐이 자신의 패배를 부끄러워했을 뿐만 아니라 한순간 분노해 이성을 잃었다는 사실을 기록하는 것이 유감스럽다. 목마의 익살스러운 얼굴을 보았을 때, 짐은 목마가 자신을 비웃고 있다고 생각했다. 그래서 이성을 잃게 하는 분노에 사로잡혀 돌아서서는 무섭게 발길질을 했다. 그 발길질에 맞아 목마는 땅바닥에 거꾸로 곤두박질쳤고, 다리 하나와 왼쪽 귀가 부서졌다.

그러자 곧바로 호랑이가 몸을 웅크리더니 대포알처럼 빠르고 강하게 거대한 몸을 공중으로 날렸다. 호랑이는 짐의 어깨를 정통으로 때렸고, 놀란 짐은 땅바닥에 굴러떨어

무례하게 굴다니!

졌다. 구경하고 있던 사람들이 기쁨의 환호성을 질렀다. 사람들은 짐이 범한 무례한 행동에 경악했다.

짐이 정신을 차리고 궁둥이를 깔고 앉았을 때, 그는 한쪽 편에는 겁쟁이 사자가 그리고 반대편에는 배고픈 호랑이가 웅크리고 있는 것을 발견했다. 그들의 눈은 불덩이처럼 타오르고 있었다.

"미안합니다, 정말이지" 짐이 온순하게 말했다. "목마를 발로 찬 것은 내가 잘못했어요. 그리고 그에게 화를 낸 것도 미안합니다. 그가 경주를 이겼고, 그것도 공정하게 이겼어요. 하지만 육체를 가진 말이 지치지 않는 나무 동물에 맞서 뭘 할 수 있겠어요?"

이 사과를 듣고 나서 호랑이와 사자는 꼬리를 내리고 위엄 있는 발걸음으로 공주의 옆으로 물러났.

"아무도 우리 앞에서 친구를 해쳐서는 안 된다." 사자가 으르렁거렸다. 젭은 짐에게 달려가서 앞으로 성질을 고치지 않으면 아마 갈기갈기 찢길 거라고 속삭였다.

그때 양철 나무꾼이 번쩍이는 도끼로 나무에서 곧고 튼튼한 가지를 잘라 목마에게 새 다리와 새 귀를 만들어 주었다. 그리고 일행이 모두 안전하게 자리를 잡았을 때, 오즈마 공주는 자신의 머리에서 왕관을 벗어 경주의 승리자 머리에 얹어 주었다. 공주가 말했다.

"친구여, 나무로 만들어졌든 육체로 만들어졌든, 너의

빠른 속도에 대한 상으로 나는 너를 말들의 왕으로 선언한다. 이후로는 적어도 오즈의 나라에 있는 모든 말들은 모방품으로 여겨져야 하고, 네가 말 종족의 진정한 우승자다."

이 말에 더 많은 박수갈채가 있었고, 그런 다음 오즈마는 목마 위에 보석 박힌 안장을 다시 얹고, 승리자를 타고 거대한 행렬의 맨 앞에 서서 도시로 돌아왔다.

"난 요정이어야 해." 짐이 천천히 마차를 끌면서 투덜댔다. "요정의 나라에서 평범한 말이 되는 건 어쨌든 보잘것없어. 이곳은 우리를 위한 곳이 아니야, 젭."

"그래도 우리가 여기 온 건 다행이야." 소년이 말했다. 짐은 그 어두운 동굴을 떠올리며 젭의 말에 동의했다.

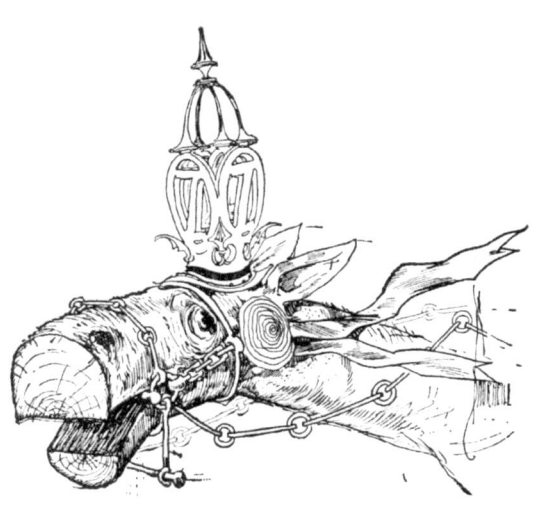

새끼 고양이, 유레카의 재판

며칠 동안 축제와 즐거운 행사가 이어졌다. 오랜 친구들은 그런 축제를 자주 겪어 보지 못했고, 그들 사이에는 함께 나눌 이야기도 많았다. 이 즐거운 나라에서는 즐길 거리가 매우 많았다.

오즈마는 도로시가 옆에 있어서 행복했다. 공주는 같은 또래의 소녀를 사귈 기회가 거의 없었다. 그래서 오즈의 젊은 통치자는 친구가 없어서 자주 외로웠다.

도로시가 도착한 지 사흘째 되는 아침이었다. 도로시는 응접실에서 오즈마와 친구들과 함께 앉아서 지난날에 관한 이야기를 하고 있었다. 그때 공주가 하녀에게 말했다,

"젤리아, 내 침실에 가서 화장대 위에 두고 온 하얀 새끼 돼지를 가져다줘. 걔와 함께 놀고 싶어."

젤리아는 즉시 심부름을 떠났는데, 그녀가 너무 오랫동안 오지 않아서 그들은 그녀의 일을 거의 잊어버리고 있었다. 그때 초록색 옷을 입은 젤리아가 난처한 얼굴로 돌아왔다.

"새끼 돼지는 거기에 없습니다, 공주마마." 젤리아가 말했다.

"거기 없다고!" 오즈마가 놀라서 물었다. "분명해?"

"방은 온통 뒤졌어요." 하녀가 대답했다.

"문이 닫혀 있지 않았어?" 공주가 물었다.

"닫혀 있었어요. 분명해요. 제가 문을 열었을 때 도로시의 흰 새끼 고양이가 기어나가 계단으로 달려 올라갔으니까요."

이 말을 듣고 도로시와 마법사는 놀라서 서로 얼굴을 쳐다보았다. 유레카가 얼마나 자주 새끼 돼지를 먹고 싶어 했는지 기억하고 있었기 때문이었다. 도로시는 즉시 벌떡 일어났다.

"와요, 오즈마." 도로시가 걱정스럽게 말했다. "가서 새끼 돼지를 찾아봅시다."

그래서 두 사람은 공주의 침실로 가서 조심스럽게 구석구석을 찾아보았다. 화병과 바구니, 그리고 예쁜 화장대 주위에 있는 장식품 사이도 다 뒤졌다. 하지만 그들이 찾는 작은 새끼 돼지의 흔적을 찾을 수는 없었다.

도로시는 이때쯤 거의 울상이 되어 있었고, 오즈마는 크게 화가 나 있었다. 그들이 다른 사람들에게 돌아왔을 때, 공주가 말했다.

"내 예쁜 새끼 돼지가 저 잔인한 새끼 고양이에게 잡아먹힌 게 분명해요. 그리고 만약 그게 사실이면, 범죄자는 벌을 받아야 합니다."

"난 유레카가 그렇게 끔찍한 짓을 할 거라고 생각하지 않아요!" 도로시가 크게 낙심해서 소리쳤다. "젤리아, 제발 가서 내 고양이를 데려와요. 뭐라고 하는지 들어 봐야겠어요."

초록색 하녀는 서둘러 사라졌지만, 곧 돌아와서 말했다.

"새끼 고양이는 오지 않을 겁니다. 건드리면 제 눈을 할퀴겠다고 위협했어요."

"어디 있지?" 도로시가 물었다.

"아가씨 방 침대 밑에 있어요." 돌아온 대답이었다.

그래서 도로시는 방으로 달려가 침대 밑에 있는 새끼 고양이를 찾아냈다.

"이리 나와, 유레카!" 그녀가 말했다.

"싫어." 새끼 고양이가 샐쭉한 목소리로 대답했다.

"오, 유레카! 왜 이렇게 못됐어?"

새끼 고양이는 대답하지 않았다.

"당장 나오지 않으면," 도로시가 화가 나서 계속 말했다. "내 마법 벨트를 가져와 너를 거글들의 나라로 보내도록 소원을 빌 거야."

"왜 날 오라는 거지?" 이 협박에 불안해진 유레카가 물었다.

"넌 오즈마 공주에게 가야 해. 그녀가 너와 얘기하고 싶어 해."

"좋아." 새끼 고양이가 기어 나오면서 대꾸했다. "난 오즈마가 무섭지 않아. 그 밖의 누구도 무섭지 않아."

도로시는 새끼 고양이를 품에 안고 다른 사람들이 엄숙하게 생각에 잠겨 침묵하고 있는 곳으로 돌아갔다.

"유레카, 말해 봐라." 공주가 부드럽게 말했다. "네가 나의 예쁜 새끼 돼지를 잡아먹었니?"

"난 그런 어리석은 질문에는 대답하지 않을 거야." 유레카가 으르렁거리며 주장했다.

"오, 대답해야지, 어서." 도로시가 단호하게 말했다. "새끼 돼지가 사라졌고, 넌 젤리아가 문을 열었을 때 방에서 도망쳤어. 만약 유레카 네가 죄가 없다면, 공주님께 네가 어떻게 그녀의 방에 들어갔는지, 그리고 새끼 돼지는 어떻게 되었는지 말해야 해."

"누가 나를 고소하는 거지?" 새끼 고양이가 반항적으로 물었다.

"아무도 고소하지 않는다." 오즈마가 대답했다. "너의 행동만이 너를 고소하고 있어. 나는 내 침실 화장대 위에 잠자고 있는 새끼 돼지를 두고 왔어. 넌 나 몰래 침실에 들어간 것이 틀림없어. 그리고 문이 열렸을 때 넌 도망쳐서 몸을 숨겼지. 그리고 새끼 돼지는 사라졌어."

"그건 나와 상관없어." 새끼 고양이가 으르렁거렸다.

"무례하게 굴지 마, 유레카." 도로시가 경고했다.

"무례한 건 당신이야." 유레카가 말했다. "추측하는 것 외에는 증명할 수도 없는데 그런 죄로 나를 고소하다니 말이야."

오즈마는 이제 새끼 고양이의 행동에 크게 분노했다. 그녀는 총사령관을 불렀고, 키 크고 야윈 장교가 나타나자 그녀가 말했다.

"이 고양이를 감옥으로 데려가라. 그리고 살인죄로 재판을 받을 때까지 철저하게 감시해라."

그래서 총사령관은 울고 있는 도로시의 품에서 유레카를 빼앗았고, 새끼 고양이가 으르렁거리고 할퀴는데도 불구하고 그를 감옥으로 데려갔다.

"이제 우린 어떻게 하지?" 허수아비가 한숨을 쉬며 물었다. 그런 범죄는 모두를 우울하게 만들었기 때문이었다.

"3시에 왕실에서 법정을 열 것이오." 오즈마가 대답했다. "내가 재판을 주관할 것이고, 새끼 고양이는 정당한 재판을 받을 것이오."

"만약 죄가 있다면 어떤 일이 일어날까요?" 도로시가 물었다.

"죽어야 한다." 공주가 대답했다.

"아홉 번이나?" 허수아비가 물었다.

"필요한 만큼 여러 번." 돌아온 대답이었다. "난 양철 나무꾼에게 죄수를 변호하도록 요청하겠소. 그는 매우 친절한 심장을 가지고 있어서 그녀를 구하기 위해 최선을 다할 거라고 확신하기 때문이오. 그리고 워글 벌레가 고소인이 될 것이오. 그는 학식이 높아서 아무도 그를 속일 수 없기 때문이오."

"누가 배심원이 되죠?" 양철 나무꾼이 물었다.

"몇몇 동물들이 배심원이 되어야 할 것이오." 오즈마가 말했다. "동물들은 사람이 동물을 이해하는 것보다 서로 더 잘 이해하기 때문이오. 그러니 배심원은 겁쟁이 사자, 배고픈 호랑이, 마차 끄는 말 짐, 노란 암탉, 그리고 허수아비, 마법사, 틱톡 기계 인간, 목마와 허그슨 목장의 젭으로 구성될 것이오. 그렇게 하면 법이 정하는 아홉 명의 배심원이 될 것이고, 나의 백성들이 모두 증언을 듣기 위해 참석할 것이오."

그들은 이제 그 슬픈 의식을 준비하기 위해 헤어졌다.

오즈의 왕실 사진사가 찍은 오즈의 마법사 초상

법에 탄원하는 일이 있을 때마다 슬픔이 뒤따르기 마련이다. 오즈의 나라 같은 요정 나라에서도 마찬가지다. 하지만 오즈의 나라 사람들은 일반적으로 매우 올바르게 행동해서 그들 중에는 한 명의 변호사도 없었다. 그리고 통치자가 범죄자를 재판하는 자리에 앉는 것도 매우 오랜만이었다. 살인죄는 가장 무서운 죄이기 때문에 유레카의 체포와 재판 소식이 알려졌을 때, 에메랄드시 사람들은 엄청난 흥분에 사로잡혔다.

마법사는 자신의 방에 돌아와, 깊은 생각에 잠겨 있었다. 그는 유레카가 새끼 돼지를 먹었다는 것을 의심하지 않았다. 하지만 그는 새끼 고양이가 항상 올바르게 행동할 수는 없다는 것을 이해하고 있었다. 고양이의 본성은 작은 동물들, 심지어 새까지도 먹잇감으로 죽이는 것이고, 우리가 오늘날 집에서 기르는 길들인 고양이는 정글 야생 고양이의 후손이기 때문이었다. 만약 도로시의 반려동물이 유죄가 되어 사형선고를 받으면, 도로시가 매우 불행해질 거라는 걸 마법사는 알았다. 그래서 비록 새끼 돼지의 슬픈 운명을 누구 못지않게 슬퍼했지만, 마법사는 유레카의 생명을 구하기로 결심했다.

양철 나무꾼을 부른 후에, 마법사는 그를 구석으로 데려가 속삭였다.

"친구여, 흰 새끼 고양이를 변호하고 구하기 위해 노력하는 것이 당신의 의무입니다. 하지만 내가 분명히 알고 있듯이, 유레카는 오랫동안 새끼 돼지를 잡아먹고 싶어 했기 때문에 당신이 실패할까 두려워요. 나는 새끼 고양이가 유혹을 물리칠 수 없었다고 생각해요. 하지만 새끼 고양이가 치욕을 겪고 죽는다 해도 새끼 돼지를 다시 돌아오게 하지 못할 것이고, 단지 도로시를 불행하게 만들 뿐일 것이오. 그래서 난 속임수로 새끼 고양이의 무죄를 증명할 작정이오."

그는 안주머니에서 남아 있는 여덟 마리 새끼 돼지 중 한 마리를 꺼내고는 계속 말했다.

"당신은 이 새끼 돼지를 어떤 안전한 곳에 숨겨야 합니다. 그리고 만약 배심원단이 유레카가 유죄라고 결정하면, 그때 당신이 이 새끼 돼지를 나오게 해서 잃어버린 새끼 돼지라고 주장하는 거요. 새끼 돼지들은 모두 똑같으니, 아무도 당신 말에 반박할 수 없을 거요. 이 속임수가 유레카의 생명을 구할 것이고, 그럼 우리 모두 다시 행복해질 것이오."

"난 내 친구들을 속이고 싶진 않습니다." 양철 나무꾼이 대답했다. "그렇지만 내 친절한 심장은 유레카의 생명을 구하라고 촉구합니다. 난 옳은 일을 하고자 하는 내 심장을 신뢰합니다. 그러니 마법사 친구여, 당신이 말하는 대로 하겠소."

잠시 생각한 후에 그는 새끼 돼지를 자신의 깔때기 모양 모자 속에 넣었다. 그런 다음에 모자를 다시 쓰고 배심원단에 할 말을 생각하기 위해 방으로 돌아갔다.

마법사의 또 다른 속임수

정각 3시가 되자, 궁전의 왕실은 이 대단한 재판을 목격하고 싶어 하는 여러 시민, 남자, 여자, 어린이로 북적거렸다.

화려한 공식 예복을 입은 오즈마 공주는 웅장한 에메랄드 옥좌에 앉았는데, 손에는 보석이 박힌 홀을 들고 아름다운 이마에는 반짝이는 왕관을 쓰고 있었다. 그녀의 옥좌 뒤에는 스물여덟 명의 장교와 수많은 왕실 관리들이 서 있었다. 그녀의 오른쪽에는 기묘하게 구색을 갖춘 배심원단-동물들, 생명을 얻은 인형들, 인간들-이 모두 무슨 말을 하는지 신중하게 들을 준비를 갖추고 있었다. 새끼 고양이는 옥좌 바로 앞에 있는 커다란 우리에 넣어져 있었다. 유레카는 웅크리고 앉아서 창살을 통해 주변의 군중을 무심한 표정으로 바라보았다.

이제 오즈마가 신호하자 워글 벌레가 일어나 배심원단에게 말했다. 그의 어조는 오만했으며, 위엄 있게 보이려는 터무니없는 시도로 위아래로 뽐내며 걸어 다녔다.

"여왕님과 시민 여러분," 그가 시작했다. "여러분 앞에 갇혀 있는 새끼 고양이는 존경하는 여왕 폐하의 살찐 돼지를 먼저 죽이고 그다음에 먹었거나, 혹은 먼저 먹고 그다음에 죽인 죄로 고소되었습니다. 어느 경우든 엄중한 처벌을 받아 마땅한 심각한 죄를 범했습니다."

"내 새끼 고양이가 무덤에 묻혀야 한다는 뜻인가요?" 도로시가 물었다.

"방해하지 마세요, 어린 아가씨," 워글 벌레가 말했다. "내 생각들을 논리적으로 정리했는데, 나는 그것들이 흐트러지거나 혼란스럽게 되는 걸 원치 않아요."

"만약 당신 생각들이 그렇게 훌륭하다면, 혼란에 빠지지는 않겠지요." 허수아비가 진지하게 말했다. "내 생각들은 항상…."

"이 재판은 생각에 대한 재판인가요, 아니면 새끼 고양이에 대한 재판인가요?" 워글 벌레가 물었다.

"공적인 고소인이 계속 말하게 하시오." 오즈마가 옥좌에서 소리쳤다. "그리고 여러분은 그를 방해하지 마시오."

마음대로들 해 보시지!

"지금 법정 앞에 앉아 앞발을 핥고 있는 저 범죄자는" 워글 벌레가 다시 시작했다. "오랫동안 생쥐 정도의 크기인 살찐 새끼 돼지를 먹고자 불법적으로 원해 왔습니다. 그리고 마침내 돼지고기를 탐하는 사악한 식욕을 충족시키기 위해 사악한 계획을 세웠습니다. 나는 고양이의 행동을 볼 수 있어요, 내 마음의 눈으로…."

"그게 무슨 말이죠?" 허수아비가 물었다.

"내 마음의 눈으로 고양이를 볼 수 있다는 말입니다…."

"마음에는 눈이 없어요." 허수아비가 단언했다. "마음은 장님이죠."

"공주님," 워글 벌레가 오즈마에게 호소했다. "제게 마음의 눈이 있나요, 없나요?"

"있다 하더라도 보이지는 않죠." 공주가 말했다.

"맞는 말씀입니다." 워글 벌레가 절하며 다시 말을 이었다. "나는 마음의 눈으로 저 범죄자가 아무도 보지 않고 있을 때, 몰래 오즈마 공주님의 방으로 기어들어 가서 공주님이 나가고 문이 닫힐 때까지 몸을 숨기고 있는 것을 봅니다. 그런 다음 살인자는 힘없는 희생자 살찐 새끼 돼지와 단둘이 있었죠. 그리고 나는 고양이가 무고한 생명체에 덤벼들어 먹어 치우는 것을 봅니다…."

"당신은 아직도 마음의 눈으로 보고 있나요?" 허수아비가 물었다.

"물론이죠. 안 그러면 어떻게 내가 그걸 볼 수 있겠소? 우리는 그것이 사실인 걸 알아요. 그 면담 시간 이후로 새끼 돼지는 어디에서도 발견되지 않았어요."

"만약 새끼 돼지 대신 고양이가 사라졌다면, 당신의 마음의 눈은 새끼 돼지가 고양이를 먹고 있는 것을 볼 거라는 생각이 듭니다."

"당연히 그렇겠지요." 워글 벌레가 인정했다. "자, 동료 시민들과 배심원 여러분, 나는 그토록 끔찍한 범죄는 죽음으로 갚아야 마땅하다고 주장합니다. 그리고 지금 여러분 앞에서 얼굴을 닦고 있는 저 무서운 범죄자는 아홉 번 사형에 처해져야 합니다."

워글 벌레가 자리에 앉았을 때 엄청난 박수갈채가 나왔다. 곧이어 공주가 엄한 목소리로 말했다.

"죄수는 할 말이 있는가? 유죄인가, 아니면 무죄인가?"

"글쎄, 그선 낭신이 찾아내야시요." 유레카가 대답했다. "만약 당신이 내가 유죄인 것을 증명하면, 난 기꺼이 아홉 번 죽을 겁니다. 하지만 마음의 눈은 증거가 아니지요. 워글 벌레는 바라볼 마음이 없으니까요."

"쓸데없는 소리 하지 마, 유레카." 도로시가 말했다.

그때 양철 나무꾼이 일어나 말했다.

"존경하는 배심원단과 참으로 사랑하는 오즈마 공주님, 이 고양잇과 죄수를 무정하게 판단하지 않으시기를 바랍니다. 저는 저 순진한 새끼 고양이가 유죄일 거라고 생각하지 않습니다. 점심 식사를 살인으로 고소하는 것은 정말 부당한 것입니다. 유레카는 우리 모두 좋아하는 사랑스러운 도로시의 반려동물입니다. 그리고 온화함과 순수함은 유레카의 주된 미덕입니다. 새끼 고양이의 지적인 눈을 보세요." (이때 유레카는 졸린 듯이 눈을 감았다.) "저 미소 짓는 얼굴을 보세요." (이때 유레카는 으르렁거리며 이빨을 드러냈다.) "저 부드럽고 폭신폭신한 작은 손의 부드러운 자세를 주목해 보세요." (이때 유레카는 날카로운 발톱을 드러냈고 우리 창살을 할퀴었다.) "저런 온화한 동물이 친구를 잡아먹는 죄를 지을까요? 아니죠, 천 번 만 번 아니죠!"

"오, 좀 짧게 해." 유레카가 말했다. "충분히 길게 말했단 말이야."

"난 너를 변호하려고 애쓰는 중이야." 양철 나무꾼이 항의했다.

"그럼 뭔가 합리적인 걸 말해." 새끼 고양이가 반박했다. "내가 새끼 돼지를 잡아먹는 것은 어리석은 짓일 거라고 그들에게 말해. 만약 그렇게 하면 새끼 돼지가 화나서 날뛸 거라는 걸 알 정도의 충분한 판단력이 내게 있으니까 말이야. 하지만 들키지 않고 새끼 돼지를 먹을 수 있는데도, 내가 너무 순수해서 그렇게 할 수 없었다고 주장하려고 애쓰지 마. 난 새끼 돼지가 정말 맛이 좋을 거라 생각하거든."

"그렇겠지, 잡아먹는 자들은." 양철 나무꾼이 말했다. "난 잡아먹을 수 있게 만들어지지 않아서, 그런 문제에 개인적인 경험이 없어. 하지만 난 우리의 위대한 시인이 한때 했던 말을 기억하지.

먹는 것은 달콤하다네,
배고픈 자가
맛있는 고기를
대접해 달라고 요청할 때.

배심원 친구들이여, 이것을 고려해 주세요. 그럼 여러분은 새끼 고양이에 관한 고소가 잘못되었으니, 자유롭게 풀려나야 한다고 기꺼이 결정할 것입니다."

양철 나무꾼이 자리에 앉았을 때 아무도 그에게 박수를 보내지 않았다. 그의 주장은 매우 설득력이 없어서 유레카의 무죄를 증명했다고 생각하는 사람은 거의 없었다. 배심원들은 몇 분 동안 서로 속삭이더니, 배고픈 호랑이를 그들의 대변인으로 정했다. 덩치 큰 호랑이가 천천히 일어나 말했다.

"새끼 고양이들은 양심이 없습니다. 그래서 그들은 마

음에 드는 건 뭐든지 먹습니다. 배심원단은 유레카로 알려진 흰색 새끼 고양이가 오즈마 공주가 소유하는 새끼 돼지를 먹은 죄가 있다고 판단합니다. 그러므로 새끼 고양이는 죄에 대한 처벌로 사형에 처해져야 한다고 권고합니다."

배심원단의 판단은 큰 박수갈채를 받았다. 하지만 도로시는 유레카의 운명에 슬프게 흐느꼈다. 공주가 이제 막 양철 나무꾼의 도끼로 유레카의 목을 베도록 명령하려고 할 때였다. 그때 양철 나무꾼이 다시 한번 일어나 공주에게 말했다.

"공주님," 그가 말했다. "배심원이 얼마나 쉽게 실수하는지 보세요. 새끼 고양이는 공주님의 새끼 돼지를 먹을 수 없었습니다. 새끼 돼지는 바로 여기 있으니까요!"

그는 깔때기 모자를 벗고 그 밑에서 작은 흰색 새끼 돼지를 꺼냈다. 그리고 모두가 분명히 볼 수 있도록 그것을 높이 들어 올렸다.

오즈마는 기뻐하며 소리쳤다.

"새끼 돼지를 내게 다오, 닉 초퍼!"

그리고 모든 사람이 환호하며 박수를 쳤다. 그러면서 죄수가 죽음을 피하고 죄가 없는 것이 밝혀진 것을 기뻐했다.

공주는 흰색 새끼 돼지를 품에 안고 부드러운 털을 쓰다듬으며 말했다. "유레카를 우리에서 풀어 주어라. 그녀는 더 이상 죄수가 아니라, 우리의 좋은 친구다. 어디서 내 새끼 돼지를 발견했지, 닉 초퍼?"

"궁전의 한 방입니다." 그가 대답했다.

"정의는" 허수아비가 한숨을 쉬며 말했다. "개입하기에는 위험한 것이군. 만약 자네가 새끼 돼지를 발견하지 못했다면, 유레카는 분명히 처형당했을 거야."

"하지만 결국 정의가 승리했지요." 오즈마가 말했다. "내 반려동물은 여기 있고, 유레카는 다시 한번 자유로워졌으니까."

"나는 풀려나는 걸 거절합니다." 새끼 고양이가 날카로운 목소리로 소리쳤다. "만약 마법사가 여덟 마리 새끼 돼지로 마술을 할 수 있지 않다면 말이죠, 그가 일곱 마리만 만들어 낼 수 있다면, 이 돼지는 잃어버린 새끼 돼지가 아니라 또 다른 새끼 돼지인 겁니다."

"쉿, 유레카!" 마법사가 경고했다.

"어리석은 짓 하지 마." 양철 나무꾼이 충고했다. "안 그러면 후회할 거야."

"공주님의 새끼 돼지는 에메랄드 목걸이를 차고 있었죠." 유레카가 모두가 들을 정도로 크게 말했다.

"그랬지!" 오즈마가 소리쳤다. "이 돼지는 마법사가 내게 준 돼지일 리 없어."

"당연히 아니죠. 그는 모두 합쳐 아홉 마리를 가지고 있었어요." 유레카가 단언했다. "그리고 그는 매우 인색해서 내가 단지 몇 마리 먹는 것도 허락하지 않았죠. 하지만 이제 이 어리석은 재판이 끝났으니, 당신의 새끼 돼지가 정말 어떻게 되었는지 말해 드리겠어요."

이 말을 듣고 왕실에 있는 사람들이 모두 갑자기 조용해졌다. 그리고 새끼 고양이는 조용하면서도 조롱하는 듯한 목소리로 말을 계속했다.

"나는 그 작은 돼지를 아침 식사로 먹을 작정이었다는 걸 고백하겠어요. 그래서 공주님이 옷을 입는 동안 새끼 돼지가 지내던 방으로 기어들어 가서 의자 아래 몸을 숨겼어요. 오즈마가 나가면서 문을 닫았고, 그녀의 새끼 돼지는 테이블 위에 남아 있었죠. 나는 즉시 뛰어 올라가 새끼 돼지에게 소란 피우지 말라고 말했어요. 0.5초 후엔 내 몸속에 있을 테니까. 하지만 이런 돼지들에게는 아무도 이성적으로 행동하도록 가르칠 수 없죠. 내가 편안하게 먹을 수 있도록 가만히 있기는커녕, 그는 두려움에 너무 사로잡혀 벌벌 떨다가 바닥에 있는 커다란 꽃병 속으로 떨어졌어요. 처음에는 그 새끼 돼지가 꽃병 목에 끼어 있어서, 나는 그 녀석을 잡을 수 있을 거라고 생각했어요. 그런데 그 녀석이 몸부림을 치더니 꽃병의 깊은 바닥으로 떨어졌어요. 난 그 새끼 돼지가 아직도 거기에 있다고 생각해요."

이 고백에 모두 크게 놀랐다. 오즈마는 즉시 관리를 자신의 방으로 보내 꽃병을 가져오도록 했다. 그가 돌아오자, 공주는 그 커다란 장식품의 좁은 목 아래로 안을 내려다보았고, 거기서 유레카가 말했던 대로 잃어버린 새끼 돼지를 발견했다.

꽃병을 깨지 않고서는 새끼 돼지를 꺼낼 방법이 없었다. 그래서 양철 나무꾼이 도끼로 꽃병을 깨뜨려서 갇혀 있던 작은 돼지를 자유롭게 해 주었다.

그러자 군중은 열렬히 환호했고, 도로시는 새끼 고양이를 품에 안고는 고양이에게 죄가 없는 것을 알게 되어 얼마나 기쁜지 모른다고 말했다.

"그런데 왜 처음부터 말하지 않았지?" 그녀가 물었다.

"그럼 재미를 망쳐 버렸을 테니까." 새끼 고양이가 하품하며 대답했다.

오즈마는 잃어버린 새끼 돼지 대신 마법사가 닉 초퍼에게 주었던 새끼 돼지를 그에게 돌려주었다. 그런 다음에 자신의 새끼 돼지를 그녀가 사는 궁전 방으로 데리고 갔다. 이제 재판이 끝났기 때문에, 에메랄드시의 착한 시민들은 그날의 즐거움에 만족해서 집으로 흩어졌다.

젭이 목장으로 돌아가다

유레카는 자신이 불명예스러운 존재가 된 것을 알고 크게 놀랐다. 새끼 돼지를 잡아먹지 않았다는 사실에도 불구하고, 유레카는 미움을 받았다. 오즈의 주민들은 새끼 고양이가 죄를 범하려 했다는 것을 알았고, 단지 우연한 사고 때문에 그렇게 하지 못했다는 것도 알았다. 심지어 배고픈 호랑이조차도 유레카와 사귀는 것을 좋아하지 않았다. 유레카는 궁전 주위를 돌아다니는 것이 금지되었고, 도로시의 방 안에만 머물러야 했다. 그래서 유레카는 도로시에게 자신을 좀 더 잘 즐길 수 있는 다른 곳으로 보내 달라고 간청하기 시작했다.

도로시도 집에 가고 싶었다. 그녀는 오즈의 나라에 아주 오래 머물지는 않을 거라고 유레카에게 약속했다.

재판 후 다음 날 저녁 도로시는 오즈마에게 마법의 그

림을 볼 수 있도록 허락해 달라고 부탁했다. 공주는 기꺼이 동의했다. 공주는 도로시를 자기 방으로 데리고 가서 말했다. "소원을 빌어 봐. 그러면 그림이 네가 보고 싶은 장면을 보여 줄 거야."

도로시는 마법 그림의 도움으로 헨리 아저씨가 캔자스에 있는 농장으로 돌아왔다는 것을 알게 되었다. 그리고 또 아저씨와 엠 아줌마가 상복을 입고 있는 것을 보았다. 어린 조카딸이 지진으로 죽었다고 생각했던 것이다.

"정말" 도로시가 걱정스럽게 말했다. "가능한 한 빨리 고향으로 돌아가야 해."

젭 또한 자신의 집을 보기를 원했다. 비록 그를 위해 슬퍼하는 사람을 발견하지는 못했지만, 그림 속 허그슨 목장의 광경을 보니 목장으로 돌아가고 싶은 마음이 간절해졌다.

"이곳은 멋진 나라이고, 나는 이곳에 사는 사람들을 모두 좋아해." 그가 도로시에게 말했다. "하지만 솔직히 짐과 나는 요정의 나라에 어울리지 않는 것 같아. 그리고 늙은 말이 경주에서 진 이후로 다시 집으로 돌아가자고 계속 내게 졸라 대고 있어. 만약 네가 그렇게 할 방법을 찾을 수 있다면, 너에게 무척 감사할 거야."

"오즈마는 쉽게 그렇게 할 수 있어." 도로시가 대답했다. "내일 아침 나는 캔자스로 가고, 너는 캘리포니아로

여러분, 고마워요!

갈 수 있어."

마지막 날 저녁은 너무 즐거워서 소년은 살아 있는 한 그날을 잊지 못할 것이다. 그들은 모두 함께 공주의 예쁜 방에 있었고, 마법사는 새로운 마술을 부렸고, 허수아비는 이야기들을 들려주었으며, 양철 나무꾼은 낭랑한 금속성의 목소리로 사랑 노래를 불렀으며, 모두가 웃으며 행복한 시간을 보냈다. 도로시는 틱톡의 태엽을 감아 주었고, 그는 일행을 즐겁게 하기 위해 지그 춤을 추었다. 그 후에 노란 암탉은 이브의 나라에서 놈 왕과 겪었던 자신의 모험 이야기를 들려주었다.

공주는 먹는 버릇이 있는 자들에게 맛있는 간식을 제공했으며, 도로시가 잠잘 시간이 되자 일행은 친근한 감정을 수없이 교환한 후 헤어졌다.

다음 날 아침 그들은 모두 마지막 이별을 위해 모였고, 수많은 관리와 궁정인이 감동적인 의식들을 보기 위해 왔다.

도로시는 유레카를 품에 안고 친구들에게 애정 어린 작별 인사를 했다.

"언젠가 다시 와야 해." 키 작은 마법사가 말했다. 도로시는 그게 가능하다면, 그렇게 하겠다고 약속했다.

"하지만 헨리 아저씨와 엠 아줌마는 내가 도와드려야 해요." 그녀가 덧붙였다. "그래서 나는 캔자스의 농장에서 아주 오래 떨어져 있을 순 없어요."

오즈마는 마법 벨트를 착용했다. 그리고 그녀가 도로시에게 입맞춤으로 작별을 고하고 소원을 말하자, 도로시와 새끼 고양이는 눈 깜짝할 사이에 사라졌다.

"그녀는 어디 있죠?" 젭이 갑작스러운 상황에 당황해서 물었다.

"지금쯤 캔자스에서 아저씨와 아줌마를 맞이하고 있을 거야." 오즈마가 미소를 지으며 대답했다.

그때 젭은 마차에 온전히 매여 있는 짐을 데리고 나왔다. 그리고 자리에 앉았다.

"여러분의 친절에 정말 감사합니다." 소년이 말했다. "그리고 내 생명을 구해 주고 행복한 시간을 한껏 누리게 한 후에 나를 다시 집으로 보내 줘서 고마워요. 나는 이곳이 세상에서 가장 멋진 나라라고 생각해요. 하지만 짐과 나는 요정이 아니라서 우리는 우리가 속한 곳으로 가야 해요. 그리고 그곳은 목장이지요. 안녕, 모두들!"

그는 흠칫 놀랐고 눈을 문질렀다. 짐은 잘 아는 길을 달리고 있었다. 귀를 흔들면서 만족스러운 동작으로 꼬리를 잽싸게 움직이고 있었다. 그들 바로 앞에는 허그슨 목장의 문들이 있었다. 허그슨 아저씨가 지금 나와서 두 팔을 올리고 입을 크게 벌린 채 놀라서 빤히 쳐다보고 서 있었다.

"아이고, 이런! 젭이구나, 그리고 짐도!" 그가 소리 질렀다. "세상에, 그동안 어디에 있었던 거야, 얘야?"

"세상에 있었죠, 아저씨." 젭이 웃으며 대답했다.

해설

 오즈의 마법사 시리즈 4편 《도로시와 오즈의 마법사》는 3편 《오즈의 오즈마》와 마찬가지로 도로시를 중심인물로 설정하고 현실과는 전혀 다른 세상인 땅속 나라를 여행하는 판타지 패턴을 다시 한번 보여 준다. 이번 작품의 주목할 점은 도로시와 동행하는 친구 중에 오즈의 마법사가 있다는 것이다. 오즈의 마법사는 1편에서 사기꾼 마법사라는 것이 들통 나서 부끄러움을 당하지만, 허수아비의 뇌와 양철 나무꾼의 심장, 그리고 겁쟁이 사자의 용기를 만들어 주었던 인물이다. 그는 도로시와 자신을 위해 풍선으로 하늘을 나는 기구를 준비했지만, 기구가 빨리 떠오르는 바람에 혼사 타고 사라졌다. 하지만 그 후 오즈의 마법사가 어떻게 되었는지 궁금한 독자들이 분명 있었고, 바움은 그런 독자들을 위해 4편에서 마법사를 다시 등장시켰다. 그리고 4편에서 도로시가 겪는 위험한 모험들에서 마법사의 역할은 매우 크다. 그는 비록 진짜 마법사가 아니라 가짜 마법사이지만, 그의 재주와 아이디어는 도로시가 위험한 상황들을 극복하는 데 큰 힘이 된다. 바움은 4편의 중심인물을 마법사로 설정한 듯하다.

늙은 마법사는 등장하면서부터 도로시와 젭의 생명을 구하는 역할을 한다. 도로시와 젭, 그리고 유레카와 짐이 식물 나라의 집과 건물을 깨뜨린 죄로 위태로운 상황에 처했을 때, 풍선을 타고 내려온 마법사는 특유의 속임수 마술로 아이들을 구한다. 그리고 그 후로도 위태로운 상황마다 가방 속의 잡동사니를 이용하고, 노련한 지혜를 발휘하여 도로시와 친구들을 보호한다. 이러한 마법사의 활약은 1편 《오즈의 위대한 마법사》에서 허수아비와 양철 나무꾼, 그리고 겁쟁이 사자에게 가짜 뇌와 심장, 용기를 주었던 사기꾼 마법사의 모습과는 다르다. 그는 여전히 사기꾼 마법사이지만, 실제로 아홉 마리의 새끼 돼지를 이용하여 사람들의 박수를 얻어 내는 마술을 선보이며, 위험한 상황에서는 칼과 총을 이용해 적을 물리치는 용기를 보여 준다. 그가 다시 오즈의 나라에 돌아와서 사람들에게 환영을 받으며 그곳에서 영원히 살게 되는 것은 마법사에게 애정을 느끼는 독자들에게 위안을 주는 장면이다. 그는 진정으로 위대한 마법사의 모습을 4편에서 보여 준다.

  도로시의 먼 친척으로 묘사되는 젭의 등장 역시 생각할 여지가 있다. 2편에서 바움은 팁이라는 남자아이를 등장시켰지만, 그는 원래 소녀였고 오즈마 공주로 변모하였으므로 진정한 남자아이의 등장으로 보기 어렵다. 하지만 젭은 오즈의 나라에 사는 남자아이가 아니라, 도로시와 마찬가지로 현실 세계인 미국 캘리포니아에서 사는 소년이다. 따라서 젭은 최초로 도로시와 함께 요정의 나라를 여행하며 모험을 경험하는 남자아이가 된다. 젭의 등장은 주로 여자아이만을 주인공으로 삼고 있는 바움의 이전 작품들에 대한 독자들의 불만이 반영된 것일 수도 있다. 하지만 워낙 도로시의 인기가 크기 때문에 젭에게는 새로운 주인공이라기보다는 도로시를 돕는 역할이 주어진다. 젭은 도로시와 달리 처음 경험하는 요정의 나라에서 당황하고 두려워하는 모습들을 보이지만, 남다른 용기와 기술을 보여 준다. 그는 잠든 가고일들의 날개를 훔쳐 내는 중요한 역할을 하며, 오즈의 나라에서 먼치킨과 힘겨루기를 해서 도로시와 오즈마 공주의 호감을 얻는다.

그리고 또 다른 흥미로운 등장인물은 도로시가 데리고 다니는 새끼 고양이다. 1편 《오즈의 위대한 마법사》에서 도로시의 반려동물은 강아지 토토였다. 그리고 3편에서는 반려동물은 등장하지 않지만, 노란 암탉이 그런 역할을 한다. 도로시가 항상 품에 안고 다니며 위안을 얻는 동물 역할이다. 4편에서는 새로운 반려동물로 고양이가 등장한다. 아마도 고양이를 키우거나 좋아하는 어린 독자들이 작가 바움에게 고양이도 나오게 해 달라고 졸랐을지도 모르겠다. 《이상한 나라의 앨리스》에서 주인공 앨리스가 기르는 반려동물도 고양이라는 사실을 기억할 필요가 있다. 어쨌든 4편 《도로시와 오즈의 마법사》에서 토토는 사라지고, 새끼 고양이 유레카가 등장하는데, 유레카의 역할은 토토와 비교하면 매우 파격적이다. 어쩌면 바움이 생각하는 개와 고양이의 차이점에서 이러한 다른 역할이 부여된 것이 아닐까 싶다.

무엇보다도 토토는 오즈의 나라에서도 말을 할 수 없는 것으로 묘사되지만, 새끼 고양이 유레카는 땅속 나라에 도착하자 곧바로 말을 시작한다. 고양이는 단순히 도로시의 반려동물로서 도로시에게 의존하는 역할이 아니다. 유레카는 위험한 순간을 극복하는 데 도움이 되는 행동도 하지만, 동시에 골치 아픈 문제를 일으키기도 한다. 유레카는 식물 나라에서 공중을 걸을 수 있다는 것을 처음 알게 해주며, 나무로 만들어진 가고일들의 날개를 훔치는 데 중요한 역할을 한다. 하지만 끊임없이 배고픔을 호소하며, 마법사의 새끼 돼지들을 잡아먹고 싶은 마음을 드러내 주변 친구들을 불편하게 한다. 그리고 결국 오즈마 공주의 새끼 돼지를 잡아먹으려다가 들켜 재판을 받는 지경에까지 이르게 된다. 유레카에 관한 이러한 묘사는 작가 바움이 고양이에 대해 어떤 생각을 갖고 있는지 짐작하게 한다. 개는 매우 사회적인 동물이고 고양이는 독립적인 동물이다. 고양이는 기회만 있으면 사람에게 의존하기보다는 스스로 야생성을 드러내는 동물이다. 유레카는 그러한 특징을 분명하게 보여 준다.

  고양이 유레카와 마찬가지로 도로시의 모험에 큰 도움을 주면서 동시에 골치 아픈 문제를 일으키는 존재가 바로 늙은 말 짐이다. 그는 땅속 여행 중에도 계속 마차를 끌어 도로시와 젭, 그리고 마법사에게 도움을 준다. 또한 큰 덩치를 이용해 식물 인간들이나 나무로 만들어진 가고일들을 뒷발질로 물리치는 데 지대한 공을 세운다. 하지만 그는 지나치게 자존심이 강해 오즈의 나라에서 목마와 만났을 때, 자신의 우월함을 너무 뽐내다가 큰 불명예를 얻는다. 이 작품에서 매우 흥미로운 장면 중 하나는 목마와 짐의 경주 장면이다. 살아 있는 말과 마법으로 생명을 얻은 목마의 경주는 도로시의 친구들뿐 아니라 독자들에게도 큰 흥미를 불러일으킬 만하다. 하지만 이 경주에서 주목할 것은 누가 승리하느냐보다는 이 경주에 임하는 짐의 태도다. 목마는 짐의 모습을 칭찬하고 그 아름다움에 감탄하는 반면, 짐은 목마를 무시하고 자신의 우월함을 과시하려는 태도를 보인다. 그 결과 짐은 목마의 장점과 재능을 제대로 보지 못하고, 자신이 경주에서 지자 흥분해서 이성을 잃고 추한 모습을 보인다. 바움은 짐을 통해 거만함과 오만함이 어떤 불행한 결과를 초래할 수 있는지 잘 보여 준다.

  유레카와 짐의 존재는 그동안 도로시가 1편과 3편에서

동행했던 친구들과 이러한 점에서 분명한 차이점을 보여준다. 1편의 허수아비와 양철 나무꾼, 그리고 겁쟁이 사자는 모두 스스로의 부족함을 느끼고 그것을 채우기 위해 도로시와 함께 여행하는 인물들이다. 그들은 자신의 부족함을 인정하는 겸손함으로 인해 오히려 지혜와 사랑, 그리고 용기를 드러낸다. 3편에서 도로시와 동행했던 노란 암탉과 틱톡도 마찬가지다. 노란 암탉은 자부심을 지니고 있지만 오만하거나 경솔하지 않고, 틱톡은 자신이 기계로 만들어져 있기 때문에 어떤 한계를 가지고 있는지 잘 안다. 그래서 도로시를 주인으로 섬기며 도움을 주기 위해 최선을 다한다. 하지만 4편에 등장하는 유레카와 짐은 자신들의 식욕이나 과시욕을 절제하지 못하며, 그로 인해 자신뿐만 아니라 도로시와 친구들까지도 슬픔과 어려움을 겪게 만든다. 4편에서 바움이 등장시키는 도로시의 친구들은 우리가 현실에서 만날 수 있는 친구들의 유형을 닮아 가고 있다.

그리고 도로시와 친구들이 여행하는 땅속 나라는 바움의 상상력이 얼마나 탁월한가를 다시 한번 입증한다. 바움은 하늘과 바다, 그리고 땅속까지 우리 주변의 모든 자연물을 대상으로 상상의 날개를 편다. 하늘을 통해 오즈의 나라를 가고, 바다를 통해 이브의 나라를 갔다면, 이번에는 땅속에 떨어져 식물 나라에 간다는 설정이다. 회오리바람과 풍랑, 그리고 지진과 같은 재난 상황이 오히려 새로운 나라로 가는 기회가 된다는 것이 흥미롭다. 재난을 새로운 세상을 볼 수 있는 기회로 새로 보여 준 것이다. 흔히 땅속은 어둡고 무서운 죽음의 공간으로 생각하기 쉽다. 하지만 바움은 땅속에 뿌리를 내리고 사는 식물들을 떠올려 식물 나라를 묘사하는가 하면, 나무 인간들의 존재도 그와 비슷한 상상력을 발휘해 창조해 낸다. 그리고 땅속에 거대한 공간들이 있어서 그곳에 사람들이 살고 있을 것이라는 상상도 매우 흥미롭다. 더구나 땅속이 어둡고 무시무시한 공간이라는 생각을 넘어 서로 다른 색깔의 빛을 발산하는 여섯 개의 공을 통해 아름다우면서도 불편한 공간을 만들어 낸 것이 기발하다.

이번 4편의 또 다른 특징은 도로시가 오즈의 나라나 이브의 나라보다도 더 불편하고 불쾌한 상황을 겪게 된다는 점이다. 이 요정 나라에서 도로시의 친구들에게 호의적인 사람들은 보우 계곡의 보이지 않는 사람들뿐이다. 도로시와 젭을 포함한 일행이 처음 도착한 식물 나라 사람들은 매우 잘생기고 아름다운 외모를 가지고 있지만, 그들은 아무런 표정도 감정도 표현하지 못한다. 보우 계곡 사람들은 매우 친절하지만, 모습을 볼 수는 없다. 그들은 보이지 않는 곰들의 위협 속에서 모습을 드러내지 못한 채 불편하게 살아가고 있다. 나무로 만든 날개를 달고 도로시와 친구들을 위협하는 가고일 역시 외부인에 대해 배타적이고 공격적이다. 지상으로 올라가기 위해 끊임없이 계단과 오르막을 올라간 친구들이 캄캄한 동굴에서 만난 새끼 용들 역시 묶여 있지 않았다면, 일행의 생명을 위협했을 존재들이다. 도로시와 친구들이 땅속 나라에서 겪는 모험은 대부분 불쾌하고 위험한 것들로 가득 차 있다.

이것은 아마 바움이 땅속 나라를 통해 전달하고 싶은 어두운 세상의 일면일 것이다. 사실 3편에서도 도로시와 친구들은 어두운 땅 밑 나라에 간 적이 있다. 바로 놈족이 사는 지하 세계다. 물론 놈족의 왕국은 바위 동굴 속에 존재하며, 금, 은, 다이아몬드 등과 같은 값비싼 광물을 지배하는 나라다. 따라서 땅속 깊은 곳, 지구 중심부에 존재하는 나라들은 전혀 다른 세계라고 할 수 있다. 하지만 바움이 이들 땅과 관련된 나라들을 전반적으로 부정적인 이미지로 묘사하는 것은 분명하다. 반면 푸른 하늘이나 에메랄드빛의 밝은 이미지가 가득한 오즈의 나라는 도로시가 동경하는 아름다운 환상의 세계다. 어둡고 컴컴하고 꽉 막힌 땅속 동굴에서 마법의 벨트를 통해 오즈의 나라로 순간적으로 옮겨 간 도로시 일행의 구원은 바로 어둡고 위험한 세상에서 밝고 아름다운 세상으로 가고 싶은 우리의 소망을 대변한다. 때로 우리의 현실의 삶도 어둡고 위태로운 상황을 겪을 수 있다. 도로시의 용감한 모험과 구원은 그러한 상황을 극복할 수 있는 용기를 우리에게 전한다.

지은이에 대해

L. 프랭크 바움(L. Frank Baum, 1856~1919)은 1856년 미국 뉴욕 치튼앵고에서 독실한 기독교 집안이자 성공적인 사업가 집안에서 태어났다. 심장이 약하고 내성적이어서 다른 아이들과 같이 노는 것이 쉽지 않아 공상을 즐기는 어린 시절을 보냈으며, 닥치는 대로 동화와 영국 작가들의 책을 읽었다. 성장해서는 극장에 심취해서 연극배우로 일하며 극작품을 쓰기도 했다. 결혼 후에는 아내와 함께 가게를 운영하기도 했고, 신문기자, 잡지 편집장, 외판원 등으로 일한 다양한 이력을 지니고 있다. 본격적으로 동화를 쓰기 시작한 것은 1897년 그가 41세가 되는 해였다. 첫 번째 동화집 《엄마 거위 이야기》가 적당한 성공을 거두면서, 그는 외판원 일을 그만두고 본격적으로 글을 쓰기 시작했다. 1899년에 삽화가 윌리엄 W. 덴슬로와 함께 협업해서 《아빠 거위, 그의 책》이라는 동시집을 출간해 상당한 성공을 거두었다. 그는 평생에 걸쳐 어린이를 진심으로 사랑했고, 어린이들은 그를 동경했다.

바움은 새로운 유형의 동화를 쓰고 싶어 했다. 그는 어린 시절에 읽은 동화들 중 무섭고 공포심을 일으키는 동화들을 매우 싫어했다. 무서운 마녀와 마귀, 도깨비, 소인들이 등장하는 동화는 심약한 바움에게 전혀 즐겁지 않은 기억을 남겼다. 그래서 그는 어린이에게 기쁨과 즐거움을 줄 수 있는 동화를 쓰기 원했다. 또한 바움 이전에는 미국 작가가 쓴 동화가 거의 없었다. 미국 어린이들은 판타지 이야기를 읽으려면 영국 작가의 책에 의존할 수밖에 없었다. 물론 바움 역시 영국 작가의 영향을 받았지만, 그는 미국적 요소를 자신의 작품에 반영하려고 노력했다.

1900년에 또다시 덴슬로와 함께 《오즈의 위대한 마법사》를 출간해서 큰 주목을 받았으며, 이 책은 2년 동안 동화 부문 베스트셀러를 유지했다. 바움은 《오즈의 위대한 마법사》의 성공에 힘입어, 오즈의 나라와 이 나라 사람들을 바탕으로 열세 편의 소설을 더 썼다. 따라서 총 열네 편의 오즈 시리즈 작품을 썼으며, 그 외에도 41편의 소설과 83편의 단편소설, 그리고 200편의 시를 썼다.

옮긴이에 대해

    강석주는 서강대학교 영어영문학과를 졸업하고 동 대학원 영문학 석사(영미드라마)와 박사(셰익스피어) 학위를 받았다. 윌리엄 셰익스피어와 크리스토퍼 말로를 포함해 영국 르네상스 시대 극작가에 대한 연구와 번역을 주로 해 왔으며, 현재 국립목포대학교 영어영문학과 교수로 재직하고 있다. 영국 케임브리지대학 셰익스피어 세미나 과정을 수료했으며, U. C. 버클리에서 방문 교수를 지냈다. 한국고전르네상스영문학회 회장과 21세기영어영문학회 부회장을 역임했으며, 한국셰익스피어학회 편집이사, 미래영어영문학회 편집이사, 대한영어영문학회 편집이사, 세계비교문학회 편집위원으로 활동하고 있다. 주요 저서로는《크리스토퍼 말로-정치, 종교, 그리고 탈신비화》, 《셰익스피어의 문학세계》, 《전통 비극 담론의 보수성과 영국 르네상스 드라마》, 《무대 위의 삶 사랑 그리고 죽음》, 《영문학으로 문화읽기》(공저), 《21세기 영미희곡 어디로 가는가》(공저) 등이 있으며, 번역서로는《탬벌레인 대왕 / 몰타의 유대인 / 파우스투스 박사》, 《말로 선집-에드워드 2세 / 파리의 대학살 / 디도, 카르타고의 여왕》과《오

셀로》,《베니스의 상인》,《여우 볼포네》,《말피 공작부인》,
《오즈의 위대한 마법사》 등이 있다.

도로시와 오즈의 마법사

지은이 L. 프랭크 바움
그린이 존 R. 닐
옮긴이 강석주
펴낸이 박영률

초판 1쇄 펴낸날 2025년 6월 28일

커뮤니케이션북스(주)
출판등록 제313-2007-000166호(2007년 8월 17일)
02880 서울시 성북구 성북로 5-11
전화 (02) 7474 001, 팩스 (02) 736 5047
commbooks@commbooks.com
commbooks.com

ⓒ 강석주, 2025

지식을만드는지식은 커뮤니케이션북스(주)의
고전 출판 브랜드입니다.
이 책은 저작권자와 계약해 발행했으므로, 본사의 서면 허락 없이는
어떠한 형태나 수단으로도 이 책의 내용을 이용할 수 없습니다.

ISBN 979-11-430-0182-5 03840

책값은 뒤표지에 있습니다.